筆耕心田

杜紅棗作品集

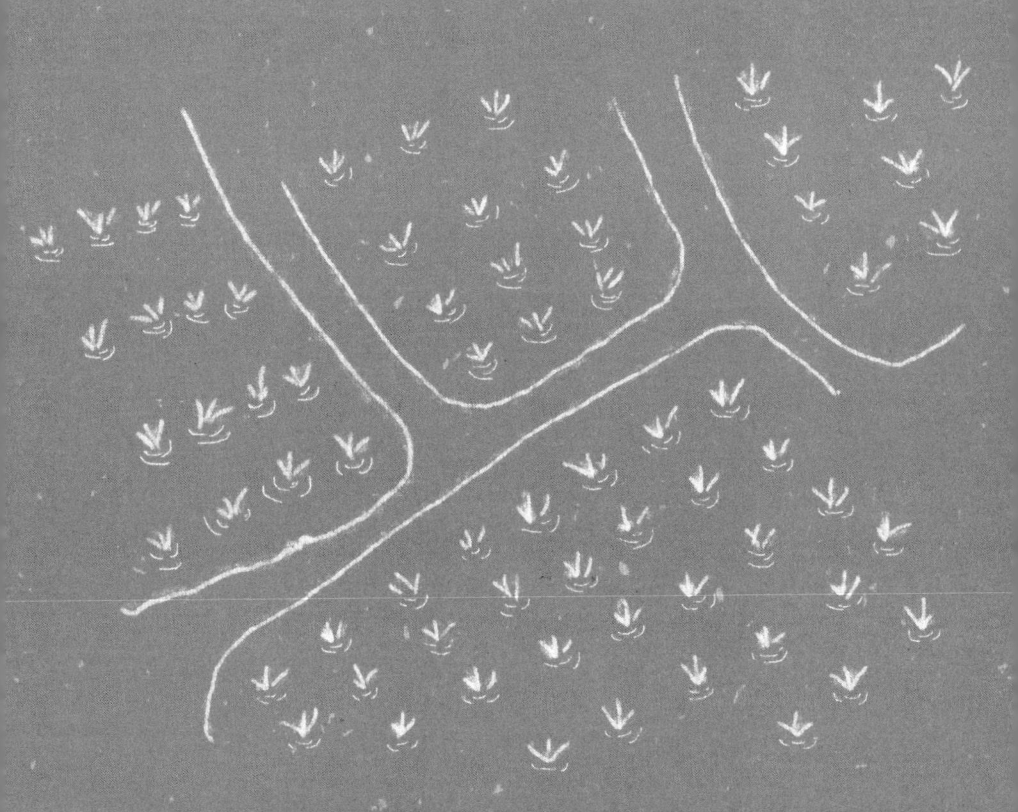

目錄

輯二【低頭便見水中天】

輯三【六根清淨方為道】

輯四【退步原來是向前】

附錄

推薦序

花開了／陳美羿

十月中旬，清晨起床，每每迫不及待地拉開百葉窗，俯視樓下花園裏怒放的蒜香藤。望著嬌豔的花朵，一陣陣愉悅、溫馨的暖意襲上心頭，彷彿整個世界、整個空氣中都充滿了濃濃的愛。

這兩株花是杜紅棗送給我的。我不敢據為己有，徵得主委同意，把它種在社區花園。看著它長出嫩芽、攀爬、開花……大樓的鄰居來觀賞，路過的行人駐足，我都在心裏喊著：杜媽媽！謝謝您！

認識杜紅棗，應該有二十多年了吧。那時她在筆耕隊裏，算是高齡長者，大家都叫她「杜媽媽」。她雖年紀大，但文筆之美好、流暢，動作之快，叫人刮目相看。原來她自年輕時就愛寫作，經常投稿，作品散見當時各大報的副刊。

除了寫作能力好之外，杜媽媽還寫得一手娟秀的字，一如娟秀的她。相處久了，才知道喪偶的她久久走不出傷痛。那時筆耕隊承擔慈濟各大營隊的採訪，她每每就是成員之一，因此也有機會認識來自海外的志工，為他們留下珍貴的身影和歷史。

早年「慈濟道侶叢書」規畫了主題，需要寫手去採訪、撰稿，杜媽媽也是不二人選。因為她絕對如期交稿，而且品質保證，在出版的叢書裏，也屢屢可以發現她的作品。

九二一地震後，北區筆耕隊承擔為希望工程學校專書寫校史的工作，我大膽地也抛了一個學校給杜媽媽，那是相當具挑戰性的艱鉅任務。老人家不畏辛苦，一次次往返臺北和南投，終於完成交稿，效率之高，令人佩服。

為樂生療養院的痲瘋病人寫一本書，一直是我的心願。二〇〇二年初，我號召志工展開工作，杜媽媽也披掛上陣，負責採訪病友王其清。八月，《一個超越天堂的淨土》出版上市，短短一年，熱賣超過三十刷，大大振奮了所有筆耕隊的士氣。

讀了杜媽媽〈寄情寫作療傷止痛〉一文，才知道當時她走不出失去另一半的椎心之痛。旅遊、讀經、抄經都無法紓解，最後來到最愛的採訪寫作領域，居然在忙碌中，獲得成就感，而得以「療傷止痛」，真是意想不到的妙啊！

從臺肥退休的杜媽媽，是一個堅強、有毅力的人。初中學歷的她，憑自己努力，拚到空大畢業；從一個基層的小職員做起，做到人事主管。她也是一個有原則、擇善固執的人，記得有一回，她的車子被偷了，歹徒來電勒索，她和子女商量，不妥協、不「助紂為虐」，最後歹徒沒得逞，車子也找回來了。

杜媽媽有二女一男，三個孩子都是博士，各個優秀又孝順。老二在美國，杜媽媽常常一去就住個大半年。她常常寄照片給我看，展示她栽種的蔬菜和花卉。

年過八十後，杜媽媽就少遠行了，她在內湖參加慈濟活動之外，還去圖書館當志工，學鋼琴……依舊把日子過得豐富又多采。

去年二月底，杜媽媽因為蜂窩性組織炎，在醫院住了整整半年，進手術房十次。我和師兄、師姊多次去探望，杜媽媽都笑臉迎人，和大家侃侃而談。只有一次，可能是止痛針劑太強，整個人顯得虛弱不堪，意識也不是很清楚，讓我們都心疼不已。

直到看了杜媽媽寫的清創過程，我才了解她所受的極端的苦。七月初，杜媽媽下了一個決心，選擇了一個特別的治療方式——截肢，終於告別了頑強細菌的糾纏。如今，杜媽媽已經出院返家，正在努力復健中。

她寫道——

讓我了解這個世界上沒有不幸的事，只有不肯釋懷的心。釋懷是不沈溺過去、不背負怨恨、不計較失去、不折磨自己，讓生命活出美好的價值。

在〈用生命寫故事〉一文中，又寫道——

我仍然要設法讓自己活得優雅，將僅剩的生命價值發揮得淋漓盡致。

去年國慶連假，兒子帶我去大陸旅遊。一回到家，就有鄰居告訴我：「你種的蒜香藤花開了，好漂亮哦！快去看。」

啊！真的！醉人的紫色花顏，已越過綠籬，浪漫到小巷中。我轉身告訴鄰居說：「這花苗是一位長輩送的，她的人就跟這花一樣，優雅、燦爛。」

年過八十的杜媽媽要出書了，像一棵終年常綠的老樹，終於綻放出一朵花來。多麼的珍貴，多麼的可喜可賀！

杜媽媽！謝謝您的花！也祝福您：更優雅、更燦爛、更健康。

推薦序

耕耘心靈的大良福田／黃基淦

電話那一頭，她不疾不徐地分享所做的決定；在舒緩的語調中，始終帶著一分如小女生的羞赧，卻難掩一個八十幾歲老人即將完成畢生夢想的雀躍。

她是杜紅棗，我稱她孫媽媽，她在電話中說：「我要出書……」出書？對於這位筆耕不輟的長者來說，算是理所當然的事，能夠成為作家，也是實至名歸。

我靜靜地聽著她娓娓述說出書的因緣，可以想像她那略顯清瘦的面容，說話的同時，定然綻漾著盈亮的神采。

她一逕地說著，我不忍打斷她的話語，就如十五年前彼此一見如故時一樣，她不多話，但一打開話匣子，便是滔滔不絕，可又恐年輕人不耐煩聽她老人家「囉嗦」，總是字字句句皆重點，一如她所寫的文章，簡潔扼要，不拖泥帶水，卻又不失文采。

初次拜讀她的文章在二〇〇四年的冬天，記得是歐美非洲的慈濟人齊聚花蓮靜思堂精進研習。當時我剛到慈濟基金會任職不久，經主管指派，前往觀摩並協助記錄，與北區及花蓮的筆耕夥伴們，在陳美羿老師的指導下，還有臺南許明捷老爹負責後端編排，即時出版營隊的《快報》。當時孫媽媽即是北區筆耕隊的一員，而我只是跑龍套，支援而已。

那是我們初識的開始，雖然她的年齡與我母親相仿，但我們之間的互動似乎沒有年齡的距離；感恩她的包容，我對她經常是沒大沒小，出言無狀，亂開玩笑，她卻從來不以為意。

隔年，我在何日生主任的指示下，有幸陪伴人文真善美志工撰寫慈濟人列傳，忝為志工的「老師」；這位昔日的筆耕「前輩」，竟也抱著活到老學到老的精神，一起前來共修學習。

也許是因為相熟的關係，與她討論文稿時，在回饋意見看法的過程中，她總是很有耐心地聽著我逐字逐句分享，接受建議，進行修改。有趣的是，她每每以「老人」自貶身價，甚至擺明了她就是貨真價實的老人，像是在提醒，又像是在「威脅」我對她的文稿應該手下留情，不能要求過高，可是到最後都是我對她「曉以大義」，鼓勵她不能服老，要對自己有信心云云，她只好「乖乖就範」。如今想來，當時我對這樣一位勤奮寫作的老人家，實在有點殘忍。

事實上，她的文字淺顯易懂，表達情感恰如其分，她不會刻意雕琢華麗的辭藻，從字裏行間可以看到她如實、無偽的本性，正所謂「文如其人」，如此形容，再貼切不過；或許是因為當公務員長年從事文書工作的經驗，已然養成她下筆務必嚴謹，用字遣詞力求精確的習慣。

喜歡寫作的孫媽媽，早在一九九七年便投入記錄慈濟各式各樣的活動報導，後來又撰寫過數十篇慈濟人列傳。她不諱言，在採訪慈濟人的生命故事時，經常觸動心弦，坐在電腦前，不自覺地邊寫邊拭淚，豐沛的感情自然流露，而當完成的故事或報導呈現在受訪者面前，讓對方展開笑顏時，是她最感欣慰的事。

《筆耕心田》收錄了七十六篇文章，每一篇都是她親自採訪或親身經歷，嘔心瀝血完成的。在細心拜讀時，揣想著孫媽媽之所以持續投入撰寫他人的故事而從不厭倦，自然是對人生充滿無限希望；當她在為他人留下紀錄，為慈濟寫下歷史的同時，她也用筆在心田上耕耘了一畦畦的大良福田，相信當她回眸過往的人生片段時，每一段歷程都會是彌足珍貴的印記。

老一輩的生命經驗，值得我們從中萃取智慧，融入應用於生活之中。同樣的道理，曾經走過艱辛、困苦歲月的孫媽媽，在歷經磨難後，淬煉出勤勞奮勉的性格及堅忍不拔的毅力。相信她人生每個階段的歷練，在在都是成為她行慈濟菩薩道的資糧，也是奠定她寫作的基石。

孫媽媽的筆下，流轉著許多慈濟人否極泰來的故事，在書寫他們的故事中，她也有深刻的體悟。所以當她自己在面對病苦考驗時，即便是椎心刺骨之痛，也知道心底要有對治之道。

去年二月底，孫媽媽的左腳腳踝罹患蜂窩性組織炎，緊急住院施打抗生素，經過一連串的清創手術治療後，短短四個多月的時間，竟遭截肢的命運。這對自始至終擁有大體捐贈卡，希望保留身體四肢完整，留待百年之後成為大體老師的心願，猝然間成為遺憾。電話中，聽著她描述病苦的痛楚，我感到深深不捨，對於八十幾歲的老人而言，這是何等折磨的過程！

然而，人生就是一連串的磨練與考驗，面對無常，只能善解與轉念。難得的是，她相信一切的不順遂，都是在淬煉人的心志，從而了解到，「這個世界上沒有不幸的事，只有不肯釋懷的心」。

一直以來，寫作是她的興趣，當她專心投入寫作時，可以暫時忘卻心中的傷痛。誠如她所說：「雖然目前我因病已經是個殘缺不全的人，我仍然要設法讓自己活得優雅，將僅剩的生命價值發揮得淋漓盡致。」可以想見，她很珍惜出書的機會，本書是她傾注一生寫作的結晶，透過寫作，她將慈濟志工的故事作了最佳見證，也為自己的人生作了最佳的見證。

是為序，祝福孫媽媽。

作者序

病榻輾轉跨寒暑

二〇一九年二月二十七日，一個酷熱的午後，一如往常坐在電腦前整理多年來筆下的心血。幾天來，左腳腳踝疼痛，自費打了兩針，仍然疼痛不已，敲了一陣子電腦，猛一看，腳踝紅腫已蔓延到膝蓋。

隔天是假日，孩子遠遊，家裏沒人，便電話請教樓上的好友林素娥，她是非常熱忱的榮總退休護理長，接到電話立即下樓來關照。經驗老道的她認為必須緊急就醫，馬上打電話叫計程車陪我去急診，醫師判定是蜂窩性組織炎，要住院打抗生素。

她一面通知我兒子，一面協助辦理住院手續，幾近深夜才回到自己的家。兒子接到電話，從雲林趕回臺北已是凌晨。因為沒有住院準備，盥洗用具等都是兒子回家再張羅。

一般常見的蜂窩性組織炎，打一星期抗生素即可消腫回家，但是我打了一星期的抗生素，仍未消腫。再經一個月又一個月的清創手術、換抗生素，都只是短暫好轉而已。

多次清創後，終於找出真凶是非常頑強的「非典型結核分枝桿菌」，頑強到經過九次清創，仍然深透筋骨，不易清除。

每一次清創，我就像瀕臨死亡般煎熬。當醫護人員把我推到一個固定的閘門，從這端推滚入閘門的另一端，宛如到了另一個世界，我含淚將身體交給醫護人員，精神寄望阿彌陀佛的憐憫保佑。

經過麻醉、動刀到甦醒回到現實，前後約需一整天時間。每次清創後的第二天，換藥前必須將血淋淋的傷口浸泡在消毒水二十分鐘，再由專科護理師或住院醫師將銀離子塞進傷口消炎。

事前雖有打止痛針，然而哀號尖叫甚至讓護工當場昏厥，篤信基督的二女兒孫德棻，勇敢地抱住我的頭，不停地喊著：「主啊！祈求憐憫媽媽，對不起！對不起！對不起……」換藥過程周而復始，耄耋老人猶如跨世紀。

後來，醫師改用需自費的昂貴藥膏「蜜適純」為我治療傷口，少掉彷彿凌虐的過程，果然傷口很快癒合，但是頑強的細菌又從旁邊蹦出來，只好再次清創，又是夢魘的開始。如此反覆治療，歷經九次艱苦奮鬥。

也許是負荷不了傷口的痛楚，我幾乎快陷入死亡的邊緣，甚至懷疑自己存在的價值，感覺人生瞬間變黑白了。

我完全失去力量，好想離開這幽暗的世界，負面的情緒緊緊跟隨著，使我喘不過氣來，腦海裏不斷浮現，「為什麼是我？是不是我做得不夠好？」我只求過關，完成心願，為慈濟留歷史，為個人及志工們留下人生美善的見證。

一日接近中午時分，靜思精舍德禪師父及德福師父，在內湖區慈濟志工的陪同下，專程為我帶來證嚴法師的祝福。是法師給我力量、給我智慧，讓我能有正確的判斷，平靜勇敢地面對一切困難與挑戰。

百忙中，兒子孫英騰每天探望媽媽，發覺媽媽的床位不見天日，請求轉換到窗戶旁的病床。偶爾，護工會推我下樓晒晒太陽，沿著湖畔來到造景曲橋的中央，水池清澈，時而看到烏龜、鵝、鴨群優游自在，是病患外出散心，吸收新鮮空氣的好去處。

在一連串清創、換藥後，並沒有顯著的進展。七月三日，二女兒再度從美國回來陪伴，適逢護理師為我換藥，又擠出許多膿水，她問護理師：「我媽的療程為什麼反反覆覆，花這麼多時日？」

一向默默換藥的護理師很感慨，滔滔不絕地說：「根據經驗所知，這種頑強的細菌一經侵入人體，以藥物控制不容易，而且病理分析常難控制它的行蹤，常是反反覆覆侵入人體，甚至深入骨骼。」

「依您多年的經驗，最好的處理方式是如何？」女兒再問。

她很果斷地說：「截肢，一了百了！不過通常病人不容易接受，只好維持目前的清創治療。」

女婿譚嘉佑也特別從美國回來，協同女兒和兒子約見主治醫師。醫師很保守地解釋，目前血液分析正常，但腳板骨骼少部分感染，治療方向一是持續清創、血液分析、吃抗生素控制病情；一是挖掘感染骨骼後觀察一個月，看是否有移轉其它部位，之後補骨粉固定腳踝。最後的辦法是截除腳踝，一了百了，繼續吃抗生素六個月。

我在一旁聽得清清楚楚，雖然自始至終都表示，我擁有大體捐贈卡，要保留四肢的完整。但聽完醫師的保守解釋，加上先前專科護理師的坦誠告知，我當下號啕大哭，毅然表示：「我願意截肢，一了百了。」

動作敏捷俐落，說話鏗鏘有力的醫師如釋重負，立刻表示就在七月五日開刀，當天第一刀速決，一個月內希望能縮短裝義肢時間，讓我如願自己走回家。這是這次住院第十次進手術房，醫師安慰我：「截下腳踝以下部分，可以作為標本用以病理研究，其實你已經完成部分大體捐贈的意願。」

兩個星期後傷口拆線，令她滿意。

裝義肢必須等待傷口好轉，又是漫長的等……在我身邊給我幫助、安撫與鼓勵的人與事，讓我了解這個世界上沒有不幸的事，只有不肯釋懷的心。釋懷是不沈溺過去、不背負怨恨、不計較失去、不折磨自己，讓生命活出美好的價值。

雖然我不是完美的人，但是已邁過耄耋年齡的我，還有機會完成心願，讓我筆下的志工們，可以留下生命故事的烙印，藉著見證，也為慈濟留下片段歷史。佛菩薩的安排，讓我人生的路發生變化，超出了我的所求所想。

雖然每看到自己不完整的肢體，眼淚依然不聽使喚的潸潸而下，但整整住了半年的醫院，總算可以回家了。

千里之路起於因緣，人生苦難事多，慈愛能彌補一切。在我邁向生命中的困難，感到震驚恐懼、焦慮無助時，佛菩薩賜給我智慧，正確的判斷及平靜勇敢的心，接受困難的挑戰。

感恩平常與我聚會的慈濟法親以及許多親朋好友，因為有你們的愛和鼓勵，使我能重新敞開生命，接受你們的祝福。

特別要誇讚三個兒女的一片孝心，鼎力合作與支持，讓老媽可以勇敢面對挑戰，非常欣慰與感恩！

輯一

手把青秧插滿田

打下美好根基——秦基雄與陳美月

秦基雄，生於臺北三峽，大同工專機械科畢業後，即進入大同公司工作。勤勞、理性與負責任的個性，使他在職場上平步青雲，習得一技之長，奠定日後事業發展的基礎。

他與妹妹的同學陳美月結婚，一個學工程，一個算盤掛胸前，經過十年努力，自行創業，主要承包公營事業水電工程。秦基雄體貼入微，陳美月理財有方，夫婦倆胼手胝足，勤儉持家。

陳美月樂於行善，在四妹陳雪子的牽引下，來到臺北吉林路的慈濟會所，聽證嚴法師爲了蓋醫院而宣講的藥師經法會。「上人說的世間法，句句與日常生活息息相關。」陳美月受用無窮，成爲她做人處事的準則。

一次，秦基雄開車載她去花蓮參觀靜思精舍，小而簡樸的建築，常住師父的親切接待，讓她有回家的感覺。回到臺北，陳美月積極投入建院募款，她說：「這比自己賺錢還高興。」

秦基雄也以實際行動護持慈濟，圓滿慈濟榮譽董事、受證慈濟委員。因為擁有水電、空調及電梯工程等專長，受到慈濟營建處的重視，延攬他擔任建築委員志工，每月定期參加會議，為慈濟各項工程審核把關將近二十年。

陳美月受證委員後，陸續接引父母及婆婆進入慈濟，婆婆尤其積極，晚年甚至常住靜思精舍，服務大眾。

為帶領更多會眾回花蓮參訪慈濟醫院，陳美月開始承擔交通組的工作。到花蓮的人愈來愈多，火車票漸漸一票難求，鐵路局建議申請專車紓解交通困境，「慈濟列車」因此啓航。

慈濟投入大陸賑災之初，秦基雄即結束自己的事業，幾度隨賑災團深入最前線，苦民所苦，體會到「世間沒有任何物質可以長久，唯有愛才能深深地感動人。」

之後，舉家遷居內湖。陳美月承擔起內湖區組長的重責大任，本著「不求減輕負擔，但求增加力量」的心念，邀請林昭昭、許玉摘、曾玉雪擔任副區組長，協助推動會務。

剛開始，組員聚會都在陳美月家，聯合組會則商借港乾、內湖活動中心，之後又借用靜讓家的店面，大型活動就在西湖國中活動中心舉辦。

一九九八年四月，內湖聯絡處成立後，有了固定聚會共修場地，委員、慈誠人數快速增加，陳美月向證嚴法師報告實際需求，經專家規畫搭建成莊嚴的佛堂。

陳美月擔任區組長六年半期間，遭遇好幾次天災，她印象最深刻的是一九九七年溫妮颱風過境，大湖山莊街道淹水嚴重，當時先在林游梅的家煮熱食供應災民，為因應需求量增加，又借用大湖國小場地，連續煮了三天熱食，還協助清掃汙泥、到受災戶住處關懷並致贈慰問金。

接著又有象神颱風、納莉颱風、九二一大地震，於是緊急開闢臨近慈濟聯絡處的內湖一六八號園區爲「中央廚房」，動員北區慈濟志工，每天超過一千人次，總共做了二十多萬個便當。

華路藍縷的艱辛階段，秦基雄永遠是陳美月的堅強後盾。他不僅是陳美月的專屬司機兼祕書，上山下海，隨傳隨到；每當她上臺布達訊息，他總是站在後面控制時間，畫圈圈提醒她準時下臺。夫妻倆把聯絡處當成自己的家一樣經營。

雖然人生無常，秦基雄被診斷出腎臟腫瘤後，始終保持輕安自在，依然掛心進行中的工程進度，在生命的最後，仍然沒忘記要多付出。

秦基雄往生時，陳美月出奇地鎭定，她沒有掉眼淚，不停地爲他念佛，並遵照他的心願捐出大體，圓滿他的人生。陳美月說：「他是上人的好弟子，響應上人的呼籲做大體老師，也鼓勵我簽署同意書。」

早年每天清晨，天色還灰濛濛，陳美月就起床禮佛，拿著小收音機往前院走，收聽民本電臺的「慈濟世界」；這個節目伴她將近三十載，是她的精神糧食，也因此度了不少有緣人。

二〇一三開始，證嚴法師積極呼籲「晨鐘起薰法香」，內湖園區和精舍連線的第一天開始，陳美月便天天到園區薰法香。她排除萬難認眞聞法，也期待大家一起「晨鐘起薰法香」。

一勤天下無難事——王土坤與林麗嬌

帶著斗笠，手持鐮刀當開路先鋒，王土坤汗流浹背帶領志工，將內湖舊園區除草整地，充分利用資源，擬朝「菜園、果園、花園」三合一型態規畫，營造一個美麗家園。

凡事總是默默做的王土坤，從小家境清寒，雖然小學以優異成績畢業，順利考上初中，卻因爲外祖父說：「讀初中需要花三年的時間，而學工夫只要三年四個月就可以出師。」於是他放棄升學機會，去跟大舅學習機械製作。

大舅受日本教育，又有酗酒習慣，對王土坤管教十分嚴格，每每喝醉之後，不分青紅皀白就是一巴掌，打罵是家常便飯。有時還會留他一個人在工廠加班到深夜，自己去喝酒應酬。

寒冷的冬天，他的手被凍僵無法靈活運作，大舅醉醺醺回來，看到他動作遲緩，又是一頓打罵。他忍無可忍，幾度萌生去意，最後都是舅媽勸留才繼續忍耐，他抱著「我要趕快出師」的信念，努力學功夫。

事隔多年後，對於這段過往，王土坤只是輕描淡寫地說：「大舅是長輩嘛！」而他卻因此培養出高度抗壓性。

熬了四年，王土坤決定離開大舅的工廠，到二重埔頂崁工業區大型機械工廠工作。因為工作認眞負責，得到老闆肯定，他的薪水總是比別人高。

工作期間，他認識了二重埔望族的千金林麗嬌。她天眞開朗，從小經常隨著父親在工業區走動。兩人經由鄰居介紹順利交往，雖然叔公認為門不當戶不對，但是王土坤為人忠厚老實，贏得林家父母的信任。

長子出生後，考量家庭責任加重，王土坤決定和小舅學習製作看板技術。因為有機械製作的背景，他能自行設計一些輔助機械，用來提高工作效率。許多同業紛紛仿效，他並不藏私。

準備迎接第二個孩子時，王土坤爲了多賺些錢，每天清晨兩點，從內湖騎車到三重派報，報紙全部送完，天也亮了，再趕著八點上班。有一次，他被十幾隻狗追逐，跌倒受傷磨破褲子，林麗嬌擔心他的安全，不准他再去送報。

經過兩年，王土坤自行開設工藝社，經濟穩定後，夫妻打定主意要做善事回饋社會。因爲林麗嬌的母親及哥哥是慈濟委員，每當回娘家時，經常可以聽到有關慈濟的種種，夫婦耳濡目染下，對慈濟有了相當程度的認識。正值慈濟在花蓮籌建醫院，他們開始加入會員護持建院。

爲了兼顧事業、志業和家庭，夫妻倆相互配合，錯開活動時間，遇有大型活動，則暫時放下公司事務，兩人一起投入。

王土坤承擔內湖區慈誠隊中隊長連續六年，總是以身作則，走在最前，做到最後。他待人處事有板有眼，對慈誠夥伴情同手足，以誠懇的態度整合，隊員人數由原來的四十人，逐漸增加到超過兩百人。

他也把握機會前往馬來西亞及新加坡，參加慈濟幹部研討交流，看到海外慈濟人的發心精進，暨感動又感慨。他終於了解爲什麼證嚴法師不時讚歎海外慈濟人，也勉勵臺灣慈濟人要更加精進。這次的研討交流，對他是一次學習的機會，對帶動區內活動有很大的幫助。

林麗嬌看到夫婿做得那麼歡喜，也鑑於慈濟各項建設需要大量資金，決定變賣身邊攢存的黃金，作爲建設基金，爲王土坤圓滿慈濟榮譽董事。王土坤知道之後，認爲這個殊榮應該歸屬太太，內心除了感恩，對這個賢內助更加疼惜。

林麗嬌受證慈濟委員不久，就受邀擔任慈濟技術學院的懿德媽媽。她非常珍惜這個機緣，卻深怕自己不能勝任，而且兩個兒子才上國中，也正需要媽媽的陪伴。在母親和先生的鼎力支持下，她以戰戰兢兢的心情，接受考驗。

證嚴法師的叮嚀，「要用菩薩的智慧去教育孩子」、「要用媽媽的心去愛別人的孩子」，以及學校安排一系列的課程，諸如孩子的人際關係、課業問題等，她發現把這些知識用在自己的孩子身上，也非常好用。

後來，林麗嬌也兼任臺北慈濟醫院員工的懿德媽媽，她說：「承擔懿德媽媽是榮譽也是責任，和孩子互動還是要多用心。」

（完稿於二〇一〇年五月）

才兼文武多發揮——黃文科

黃文科，一九四九年生，彰化縣人，從小跟隨父親的事業舉家遷臺中，輾轉又搬到臺北。為協助家計，他一度輟學，來到臺北後，半工半讀完成高職學歷。一九七二年，與臺中鄰居何麗雪結為連理，育有一子二女，都已成家，兒子傳承家業，穩定發展。

婚後，家庭生活一度讓何麗雪無法適應，幸好在慈濟找到人生方向，她期待黃文科也能一起加入。何麗雪的改變讓黃文科感動不已，他開始愛她所護持的慈濟，願意提撥配電盤生意收入的百分之五作為善款。在何麗雪的鼓勵下，也圓滿榮譽董事、受證慈濟委員。

參加第一屆「榮董生活體驗營」後，黃文科的悲憫心油然而生，立願要分擔證嚴法師肩上的重任，承擔規畫內湖區大型活動，不勝枚舉；每年颱風季節，總是穩健俐落地說明防颱準備工作的步驟，甚至在昏黃燈光下，率領大家奮力搬運沙包，是人人稱讚守護內湖聯絡處的護法金剛。然而，不苟言笑的黃文科卻說，那是「本分事」。

九二一大地震時，慈濟人如火如荼展開救難，為災民蓋組合屋……希望工程接近完工時，又需要大批人力投入鋪連鎖磚等景觀工程。一天，時近凌晨，黃文科夢見證嚴法師來到內湖聯絡處，輕聲細語告訴他：「要多承擔！」清醒後，他決心帶領規畫景觀工程工作流程，安排七、八位慈誠夥伴長期駐守工地，假日動員志工們搭乘遊覽車，浩蕩前進南投。

團結力量大，終於如期完成南投國小的景觀工程。黃文科感恩法師的提醒，感恩內湖區所有志工合和互協，以及太太對家庭與事業的完全護持，讓他無後顧之憂。

「救人一命，勝造七級浮屠」，五十五歲生日前夕，黃文科和骨髓資料中心幹事陳乃裕一起送髓到西安，幫助一個等待救命的孩子。生日這一天，欣逢佛光山主辦迎佛牙舍利回臺灣，他有幸代表慈濟參與恭迎團，心中充滿感恩。

內湖聯絡處的佛堂，因舊倉庫改裝，雨天到處漏水，整修意見分歧，黃文科難行能行，在短短三個月內完成整修，配合當年歲末祝福的需求。

在慈濟積極推動素食之際，黃文科因為事業上需要應酬，很難履行茹素，在兒女準備為他慶祝五十八歲生日前夕，法師二度來到他的夢境，又是輕輕地說：「素心素口，多承擔。」黃文科二話不說，馬上向兒女喊停，從此茹素迄今。

由於黃文科人脈寬廣，經推薦承擔北區公關幹事，與慈友會李憶慧合作愉快，藉由媒體記者會的邀約，浴佛祈福接待中央官員、外交使節等，讓社會大眾多了解慈濟的大愛精神。慈濟推動志業是因應時代社會所需，黃文科藉由投入，帶動「善的循環」。

（完稿於二〇一四年五月）

璞玉成器——許玉摘

梳著一頭亮麗的慈濟頭，隨時擦上慈濟面霜，許玉摘非常重視自己的威儀，讓人感覺有自信、有朝氣。她說：「即使今天不出門，留在家打掃屋子，也要把自己的頭梳得整整齊齊，然後站在鏡子前對著自己微笑說：『祝福你福慧雙修！』讓人家看了舒服，自己也歡喜。」

花蓮慈濟醫院剛落成啓用時，她常常帶著孩子回去參加義診。那時還沒有慈濟制服，大家都穿便服，還跟隨流行，剪短頭髮、燙米粉頭。

有一次，慈濟志工接受內政部好人好事表揚，許玉摘的美髮師幫她把短髮噴膠水梳起來，在後面繫個蝴蝶結。結束後，會見證嚴法師，法師要她上臺作示範，並說：「只要用心，縱使短髮也可以梳得非常莊嚴，希望大家一起來梳慈濟頭。」

其實更早之前，法師就曾提起「慈濟頭」，只是委員們沒有眞正落實。從那次開始，法師經常鼓勵大家，把三千煩惱絲紮在一起，不要讓頭髮隨便亂飄。

「學佛行儀，行、住、坐、臥，吃飯禮儀，融入日常生活當中，從做中覺覺中學，上人非常用心教導我們，期待每個慈濟人走出去都是端莊嚴謹。」許玉摘說。

個性豪爽的許玉摘，出生南投竹山望族，家族經營竹山貨運行及汽車修理工廠。南投初商畢業後，她在診所做過三年學習護士，後來在竹山德山寺及彰化中華寺擔任幼稚園老師。

婚後，先生對她疼愛有加，當時公公已中風癱瘓在床，大小便、擦澡、翻身，都需要有人照顧。她毅然辭去教職，專心照顧公公，當時沒有紙尿布，她自己用布做尿布，親戚朋友都讚歎她是個好媳婦。

一年後公公往生，她把握機會完成臺北商專補校課程。一九七六年，和姊姊在大直開辦健民幼稚園，後來搬到內湖。因爲規定須有幼教執照，她再到女師專修二十個學分。身兼職業婦女、家庭主婦，育有二女一男，當時孩子小，每天趕晚上六點的課，非常辛苦。她感謝先生的支持，終於拿到執照，名正言順地擔任幼稚園園長。

一九八二年，幼兒家長文素珍買好車票，邀她和其他家長去花蓮認識慈濟。她們預定了一部九人座車，先去太魯閣玩，再到花蓮。快抵達時，許玉摘問文素珍：「你說的那個廟在哪裏？」

許玉摘心想，慈濟正在蓋醫院，一定很有錢，這個廟一定很豪華。轉個彎進入精舍，眼前建築樸實簡陋，與想像落差很大。她心想，要完成蓋醫院的工程，可能很困難。

回來之後，文素珍又斷斷續續邀她們去看個案。她和另外兩位家長，因爲做慈濟變成好朋友，一個是慈謹，一個是已移民到英國的慈華，三個人都很愛玩。

她們去基隆看照顧戶後，就去廟口吃甜不辣，然後沿著八里去吃海鮮，往往回到家已經十一、二點了。她說：「我是這樣玩進慈濟的，文素珍對我們眞的是很有耐心。」現在她接引新人，也知道要付出耐心，才能帶動更多有愛心的人。

早期慈院志工只有她和慈華及顏惠美三人，每星期輪流回去做志工，半年之後才開始有志工隊。在慈院做志工期間，她體悟人生無常，有許多人年紀輕輕就面臨坎坷的命運，甚至結束短暫人生。她慢慢地改變自己的習氣，找到努力的方向。

一九九一年，她第一次出國就是去大陸賑災，後來又報名參加國際賑災，南非、史瓦帝尼、賴索托、柬埔寨等都有她的足跡。她說：「他們的悲苦遠超過臺灣的照顧戶，眞是令人非常心疼。」

十多年來參與國際勘災、賑災，雖然路途坎坷，有辛酸、有淚水，但也有快樂。在人地生疏的異鄉，因爲賑災人員有限，需要單打獨鬥時，慈濟人「女人當男人用」，是成長的最好時機。她說：「說不辛苦是騙人，這是慈濟人的使命感，有全球慈濟人支撐的力量。」

許玉摘原本很愛肉食，一天沒有吃肉就好像沒有吃飽。一九九三年，她帶領大陸賑災，在惡劣的天候下，爲了祈求賑災順利，她仰望天空虔誠發願，從此茹素迄今，十年如一日。

「國際賑災最受益的是個人修行的成長。」因爲整個團隊來自臺灣各地，有多少人就有多少個性，如何發揮團隊精神，對外溝通對內協調，非常不容易，許玉摘強調認眞做慈濟志工就是大修行，是慧命的成長。

（完稿於二〇〇四年四月）

雪泥鴻爪印心田——曾玉雪

在南投糖廠眷舍長大的曾玉雪，高挑身材，清秀臉龐，氣質不凡。儘管修長的雙腿常找碴，愛做慈濟的心始終如一，在園區許多活動中，都可以看到她的身影。

一本練習簿當作記事本，除了密密麻麻地記載個人行事曆，還有橫向的一則則警語，「嘴巴長在別人身上，無法掌控，聽在自己耳朵，可以選擇要不要聽，如手畫虛空，畫過了無痕。」「原則中有方便，方正中有圓融。」……她將證嚴法師的法語作爲圭臬，隨時翻閱提醒自己。

三十多年前，她在普門寺認識慈濟委員林月雲，從此開始捐款，也協助募款蓋醫院。

第一次，帶兒子來到濟南路慈濟會所，一進門，證嚴法師招呼她：「緊入來用餐。」宛如慈母的疼惜，一股暖流竄遍她的身心，餐後再聽法師開示，似乎每句話都是針對著她，諄諄叮嚀，她禁不住淚眼潸潸。回程時，心中篤定「這就是我要追隨的師父」。

成爲慈濟委員後，她除了收善款、訪貧、助念外，早期也幫忙慈濟列車車票的張羅等。從忙碌中，她發現只要用心，凡事都可以達到預期的目標；她在慈濟路上找到自信，做得非常歡喜自在。

慈濟護專開學，成立第一屆「懿德母姊會」，意在協助孩子適應新的環境，多陪伴、傾聽孩子的需求，讓孩子感受「家」的溫暖，達到品學兼優的目的。

曾玉雪、吳麗雪及家住花蓮的林照子三人一組，帶領九個孩子。有幸成爲懿德媽媽，她們覺得非常榮幸，然而一下子就變成九個女兒的媽媽，新手上路，擔心自己無法做到盡善盡美。她們請示法師：「自己學歷不高，如何帶領專科以上的孩子？」法師說：「用照顧會員的心去帶孩子。」

每次回花蓮與孩子會面前，法師總是面授機宜，叮嚀要以眞誠的心陪伴、傾聽，用媽媽的心去愛孩子，做好孩子與學校的橋梁。

「眞誠」的心，果眞拉近了與孩子們的距離。曾玉雪曾因婦科小疾在花蓮慈院開刀，住院期間，孩子們輪流高規格照護，擦澡、送吃，無微不至，讓沒有生女兒的她，感到非常窩心。

後來，慈濟合唱團成立，曾玉雪是成員又兼總幹事。合唱團員穿著委員旗袍，個個莊嚴大方，加上手語、創意團康，在早期歲末祝福、慈濟醫院膚慰傷患，及募款演出都扮演重要的角色。

合唱團曾遠征日本、美國介紹慈濟同時募款；在國家音樂廳與名聲樂家黃英同臺演出；為新店慈濟醫院募款，在中信新舞臺舉辦音樂會，悠揚純淨的歌曲留下「天籟之聲」ＣＤ，那是曾玉雪最快樂的時光。

慈濟大陸賑災，曾玉雪也不缺席，曾參加廣西融水賑災團，後來護送骨髓到蘇州；九二一大地震後，到東勢、埔里訪視安撫災民；參與日本三一一賑災等，每一次的任務都有不同的震撼，讓她體會「做中覺」的眞諦。

臺北慈院啓用後，她參與關懷住院法親及眷屬，發揮慈濟與衆不同「愛」的人文。

而每星期三是曾玉雪最開心的時刻，她來到嬰兒室協助護理人員，包括餵奶、洗奶瓶、換尿布。看到新手媽媽，便鼓勵母嬰同室，建議餵母奶，孩子哭鬧，教如何撫慰抱抱。經過訓練的她，經驗累積加上有方法，超級阿嬤做得很歡喜。

（完稿於二〇〇五年八月）

披星戴月賺歡喜——鄭月英

走在內湖街道上，經常可以看到一個綁著馬尾，打扮簡單樸素的女子騎著單車，臉上總是掛著淺淺的笑容，從容地穿梭在大街小巷，她就是慈濟志工鄭月英，最多曾擁有會員五百戶左右。

小時候，鄭月英常喜歡跟媽媽窩在床上，同蓋一條棉被，感覺非常溫暖。有一次睡到半夜，媽媽翻身不小心把棉被一併捲走，鄭月英冷得醒了過來，小小心靈想，如果有人沒有錢買棉被，一定很可憐。因此才剛踏入社會，有固定收入後，她即邀約同學每月撥出一定金額，認養家扶中心貧童，雖然自己須省吃儉用，卻因為助人而內心充滿快樂。

婚後的鄭月英，以家庭為重心，卻心繫想要深入了解佛教的眞理。她從鄰居得知證嚴法師將到劍潭講經說法的訊息，立即邀約先生，帶著兩歲的兒子一同去參加。

法師說：「每個人都想要做好事，但都想要等小孩長大成人後才出來做，有沒有辦法等到那個時候呢？……」她聽了當頭棒喝，逢人就分享她的感動，並立即加入慈濟成爲會員，協助募款，陸續參與訪視個案、獨老關懷等。

孩子稍長，鄭月英參與培訓慈濟委員，她自我期許要守戒律，決定開始茹素，先生與孩子也陪她茹素，迄今十餘年。

受證慈濟委員後，她更積極投入募心募款的工作，隨身攜帶慈濟月刊，不論等公車或去看病，逢人就說慈濟。只要有人想要認識慈濟，再遠她都會想辦法去結緣。

有一次鄰居要賣房子，跟仲介聊天後，對方表示想要當慈濟志工，鄰居趕緊告訴她，她馬上打電話邀約，後來這名仲介成爲她的會員，而且報名參加三天兩夜靜思生活營。

面對會眾，她始終保持親切的笑容，她堅信親切的態度必能融化會眾的心。當然，她也曾遇到沒有那麼順暢的時候，但總是鍥而不捨，耐心地一回又一回地以法牽引。

雖然每個月須花相當多的時間收善款，但鄭月英從不喊累，而且樂在其中。十幾年來，她把握當下結善緣，當別人受她影響，擁有更好的人生價值觀，就是她最大的快樂。

她很滿足做慈濟後，學會放下，對孩子多祝福，放心不要操心；對日常事務的處理，學習成長、視野也開闊了，慧命增長，雖然付出很多，受益更多。

（合作撰文／王惠卿）

願當救火小麻雀——陳淑穗

一頭灰白頭髮，濃濃雙眉，深邃的眼睛，人稱「阿督仔」的陳淑穗，可是道地的臺灣姑娘。

母親從小教育孩子要「惜字」，寫過、用過的紙張不能丟，搜集放在一個字紙簍，累積再賣給收破爛的；帶孩子外出，路上看到賣口香糖的人，就隨機教育讓孩子買十元口香糖，幫助需要幫助的人。

陳淑穗大學剛畢業，母親因罹患腦瘤撒手人寰，她痛失母愛，一夕之間突然長大，一肩扛起長姐如母的重任，做飯、洗衣、教導弟妹，儼然是個小管家。

做了半年的「家庭主婦」，陳淑穗應徵進入臺北一家貿易公司，擔任出貨員。她工作認真，常爲了趕工在公司打地鋪，通宵達旦完成任務，很快地就被晉升爲經理。

二十八歲結婚，陳淑穗周旋在工作、家庭、孩子中，相當忙碌。在工作低潮、對人生方向質疑之際，偶然看到《證嚴法師的慈濟世界》小冊子，非常感動，便打電話到慈濟臺北分會表示要捐款。

當時她的內心是有求的，她希望善舉能保佑孩子平安長大，夫婦賺大錢，改善家庭生活。慈濟人很快地到公司收善款，出乎意料，公司同仁紛紛響應捐款，這是陳淑穗首次和慈濟接觸，心中有莫名的踏實感。

後來，公司要移往大陸發展，起初她兩地奔波，但總覺愧對家人，四十二歲毅然決定離開工作十八年的職場，回歸家庭。

剛開始她很不習慣，調整生活模式面臨最大的挑戰。孩子正値叛逆期，求好心切的她，希望孩子能遵循她的方向成長，孰料適得其反，孩子受不了緊迫盯人的壓力，親子關係一度緊張。

有一次，她到西湖國中爲兒子送午餐，遇到慈濟志工林麗佳爲成立週日大型環保日發宣傳單。陳淑穗勾起童年時母親教導「惜字」的回憶，欣然報名參與，而且開始沿路撿拾寶特瓶。

寶特瓶愈撿愈多，她堆積在自家陽臺，先生看到，發出無言的抗議，用紅色簽字筆寫著「適可而止」，貼在窗臺上。陳淑穗看了，除了傻笑，趕緊改善，避免引發不必要的糾紛。

來到環保站，她跟著彎腰開始做，體會什麼叫做身段柔軟，回憶在職場上的跋扈，感到愧疚。接著，由資深志工莊妙卿帶領，到內湖聯絡處做香積、生活志工、靜思文化志工，也參加靜思讀書會，讀證嚴法師的著作，深入經藏啓智慧。

內湖環保教育站隨著時勢所趨，參觀機關團體絡繹不絕，各級學校老師帶領學子到環保站參訪實作。有一次，德明技術學院的師生來參訪，陳淑穗首次協助導覽並帶領實際作業。

剛開始，她有些膽怯，對自己的表現不是很滿意，但是一回生二回熟，加上自己做教案、道具，甚至還走出環保站深入校園做宣導，從低頭彎腰做環保，邁入抬頭挺胸說環保。

聲音宏亮的她，傳播訊息傳遞愛，還帶領讀書會，接引許多環保志工培訓成爲慈濟委員。

認眞積極的陳淑穗，最大的願望是能參與大陸賑災。果眞有願就有力，她通過遴選，前進大陸災區宣導環保，先生不只支持，幫她付團費，還買手提電腦，讓她隨身備用。

陳淑穗原本只希望做個快樂的志工，然而在做中她悟到，「父母不能一廂情願地將孩子塑造成自己要的模式，只給予祝福。」念頭一轉，親子關係也改善了。有鑑於「環保救地球，人人有責」，她要把握當下，希望自己是森林裏滅火的小麻雀，讓內湖環保教育園區發揮最大的效用，啓發更多人來做善事。

（完稿於二〇一〇年六月）

留「財」不如留「德」——曾振森與曾義鏡

「振森師兄，這個星期五上午八點在二殯有個公祭，請你開車接送大家，集合地點是老地方。」

「曾師兄，今天晚上七點三十分，三總有跨區的會員需要助念，請你幫忙。」「好，沒問題。」曾振森一邊答應一邊記錄在記事本，隨時提醒，避免誤事，因爲這種任務非常頻繁，往往一年累計就有一百多場。

生老病死是自然法則，但是面對無常時，大部分的人仍然會不知所措。「法親助念」是慈濟人文的一環，主要目的是引導亡者家人惶惶不安的心情有所依止，以祝福的心情爲亡者助念，期望在莊嚴祥和的氣氛中，讓「生者心安、亡者靈安」。

曾振森幼年家境清寒，生活困苦。結婚之後，夫婦經營自助餐店，賺到錢就努力做善事。

一九九二年，曾家五口皈依聖嚴法師。結束自助餐生意後，太太黃彩霞投入法鼓山做志工，她喜愛烹飪，迄今仍是法鼓山的香積主廚，也常應慈濟人之邀，支援義賣及大型活動香積。曾振森則轉業從事營建修繕，餘暇也護持法鼓山道場。

一九九三年，黃彩霞的父親往生，她分得一部分財產。黃彩霞認爲錢夠用就好，夫婦商量將獲得的遺產捐給法鼓山做慈善用途。當時，親友都說他們是「頭殼壞去」，但他們認爲：「對的事做就對了。」

後來，曾振森在工作時，遭磁磚碎片射入左眼，造成嚴重創傷，被迫提前退休，他反而有更多時間投入慈善工作。

二〇〇三年，曾振森的父親在三總病逝，法鼓山方丈果東法師親臨現場開示並帶領念佛，殊勝因緣讓曾振森非常感動，當下發願生生世世要與往生者結善緣。

二兒子曾義鏡念逢甲大學時即加入慈青，非常認同證嚴法師的理念。假期回臺北時，經常到鄰居資深慈濟委員藍麗月的店裏聊天說慈濟，理念契合，彼此非常投緣。

二〇〇四年，在藍麗月的牽引下，曾振森夫婦決定爲曾義鏡圓滿慈濟榮董。擔任光電公司研發工程師的曾義鏡，在母親陪同下前往慈濟關渡園區接受證嚴法師祝福，他說：「我是代表外公做有意義的事。」工作後能再次與慈濟續緣，他心中充滿感動與感恩，現場買了六十雙環保筷，準備和同事分享喜悅。

二〇〇五年歲末祝福，曾義鏡因工作繁忙不克參加，委請父親代表出席，現場溫馨氣氛感動了曾振森，從此父子相約一起參加慈誠、委員培訓。

原本，曾振森每年都會出國旅遊，受證後，他服膺證嚴法師的「清平致富」主張，不再出國玩樂；家中陳舊的家具湊合著用，客廳地板因年久而有些微鼓起，也不急著修繕，謹守延長物命的理念，省下來的錢存滿一百萬就捐出去。

他積極投入社區環保，護持讀書會、慈青等活動，不僅出錢又出力，還固定兩個月一次，回靜思精舍做志工。鄰居藍麗月讚歎：「他當年做自助餐時，天天做美食給客人吃，自己常隨便吃一碗米粉湯度一餐，就是爲了省錢做善事。」

曾振森教導孩子「勤儉才是做人的根本」，他贊同留「德」給孩子勝於留錢財，因此累積的愛心早已遠遠超過他的財富。

（完稿於二〇〇九年四月）

凝聚向心力——郭美娥

在內湖園區，經常可以看到慈濟志工郭美娥，頂著一頭灰白的頭髮，微駝的背，圓圓的臉龐，始終掛著慈祥的笑顏。她總是用母親的心、媽媽的愛，來疼惜著大家，因此結了非常多好緣，大家都尊稱她爲「靜讓媽媽」。

一九九七年，證嚴法師開始推廣慈濟人走入社區，希望人人像活動看板，將慈濟精神落實社區。於是，所有慈濟人回歸社區重新編組，大家雖然都是左右鄰居，因爲平日不相往來，彼此並不認識，加上沒有固定聚會場所，當時內湖區近百位慈濟人，凝聚共識基本上困難重重。

郭美娥是內湖區第三組組長，她把握因緣，將座落在內湖路一段的自有住宅一樓及地下室，無條件奉獻，作爲內湖慈濟人暫時的活動聚會場所。地點適中，交通方便，這個及時送暖的家，奠定了日後內湖慈濟人拓展志業的基礎。

那年二月開始，舉凡內湖慈濟人精進、繞佛、靜思語分享、教聯會活動、每週三的手語教學、內湖區第一次榮董聯誼會，以及邀請名人蒞臨專題演講等，都在這個臨時會所順利開展。

萬事起頭難，歷經一年四個月，內湖聯絡處終於在一九九八年四月成立，郭美娥完成階段性的任務，所有活動移至聯絡處，迎接更多的社區菩薩投入慈濟的行列。

（完稿於二〇〇五年十二月）

福氣滿厝間——林游梅

林游梅忙著打包自家庭院種植的有機蔬菜——A菜、空心菜、地瓜葉，準備去訪視時分送給獨居長者。

林游梅住的是高級住宅區，附近大多是經濟情況不錯的前國大代表，子女不是工作在外就是旅居國外，她本著愛心就近訪視獨居長者，讓他們也能享受噓寒問暖的人間溫情。

前國大代表范爺爺看到熟識的面孔，話匣子打開，當年神勇救人的往事，滔滔不絕，惟恐說漏了哪一樁。

孫伯伯的女兒女婿恰巧來探望，女兒感謝慈濟人就近經常來關懷，她有感而發，引用報載一段話：「兒子是路人，女兒是親人，女婿是佣人。」令人莞爾！

榮民胡伯伯，因爲摔傷住進護理之家，他沒有子女，林游梅偕同同組志工定時前往關懷。驅車前往，胡伯伯早就等在會客室，喜悅之情溢於言表。林游梅把一瓶女兒剛從美國帶回來的維他命送給他，胡伯伯高興得合不攏嘴；志工離開時，他坐著輪椅，依依不捨送到大門口。

許多老人總是引頸期盼，希望慈濟人早點來、晚點走，志工的貼心溫慰，彌補老人對親情的渴望。

林游梅是臺北人，和先生同在省政府不同單位工作，婚後住進省政府宿舍，孩子接連出生，育有三女一男。孩子長大後，先生又赴日本近畿大學深造，學以致用，發展事業也回饋社會。

在臺灣房地產起飛之際，先生決定離開公職，投入房地產事業，因此賺了不少錢。

後來，有機會到花蓮靜思精舍參訪，看到常住師父自己耕種、做蠟燭，自力更生，不接受供養，卻有宏大的志業，蓋醫院做慈善事業，非常敬佩。

當場發心簽下十萬元支票，不過她的目標是要為患有肝疾的兒子祈福，捐病房三十萬。

林游梅回憶結婚之初，環島蜜月旅行回來，兩人只剩下五百零一元開始，先生的薪水全數交給她，她清清楚楚地做家庭收支帳，數十年來頗得先生的信賴。但是她不知先生是否會反對，所以捐款有所隱瞞，更不敢大手筆支出。

慢慢的，她知道先生善念頗深，樂意盡所能做善事，乃和先生商量，陸續為全家共二十人圓滿榮董。她說：「孫子出生兩個月就為他植福，希望他長大之後，自己也能種福田。」

兒子結婚時，林游梅夫婦口頭發願，將喜宴結餘全數捐獻，友人建議刻個圖章：「為您植福，喜宴結餘捐慈濟功德會」，蓋在喜帖上。別開生面的婚禮在臺北中山堂舉行，喜宴結餘八十二萬元，他們再補足到一百萬，讓新娘完成榮董。

證嚴法師開示時，特別提出這個善舉，是慈濟有史以來收到的第一筆喜宴結餘捐獻，並給予無限的祝福。從此就常有慈濟人依樣效法，捐出喜宴結餘做善事。

之後，先生的事業擴展到大陸山西，由兒子負責掌理，短短四年即回收成本，之後回饋當地，協助當地渾源小學由五間破舊校舍，擴建到三十二間鋼筋混凝土的四層樓教學樓，並陸續添置課桌椅，設立獎學金，目前已經是當地人爭相就讀的明星學校。

證嚴法師常說：「量大福就來。」隨時面帶笑容的林游梅，從小禮讓弟妹，婚後夫婦胼手胝足，同心協力經營事業；對公公續絃的婆婆侍奉周全，與衆多的大、小姑不計較；做慈濟能施能捨，而今，她眞是「福氣滿厝間」。

（完稿於二〇〇四年八月）

一隻手指的力量——陳阿池

清晨六點多，一部發財車駛進慈濟內湖聯絡處環保據點，車上裝著滿滿資源回收物。陳阿池動作熟練，很快卸下物品分類，現場以區域劃分得井然有序。一群志工螞蟻雄兵，不到半天，白、褐、綠色三座小山玻璃回收品呈現在眼前。

陳美玉讚歎陳阿池是名副其實的「歡喜做甘願受」，任勞任怨，每天都是從最早忙到最後。資深志工吳淑梅說，阿池做環保不怕髒，不怕苦，無論刮風下雨，工作永不停歇，社區環保志工常跟不上他的步調。

陳阿池小名阿清，一九三七年出生於臺灣宜蘭三星鄉農家，自幼家境清寒，沒有穿過鞋子。他說，小時候兄弟三人過年時好不容易各買一雙木屐，吃過年夜飯後守歲，等不及天亮穿好新木屐出去玩，那是童年最快樂的事。

六歲進講堂（類似今幼稚園），由當時的保正（里長）主持經辦。因爲操練口令字正腔圓，姿勢正確，被選爲班長模範生，迄今印象深刻。

上小學時，因爲學校離家較遠，又在躲警報，小學前三年幾乎沒有上學，所以僅上三年就畢業了，他覺得識字不多是最大的遺憾。

二十五歲適婚年齡時，經媒妁之言以入贅方式與同鄉同年同月生的林鑾蝦結婚。當年的林鑾蝦眉目清秀吸引他之外，還有一個健壯的體魄，擅長擔任粗活，諸如建築工地的小工，工場翻砂等，挑提拉抬都難不了她。

在陳阿池到臺北工作期間，她獨撐家務及照顧孩子，待最小的孩子三歲時，她把孩子交給婆婆看管，自己則外出做零工貼補家用。她像隻會耕耘的牛，自己也感慨地說：「做甲要死喔！」

生性憨厚的陳阿池非常感恩太太跟著他吃苦耐勞。當太太外出做事時，他也幫助家務，做飯、洗衣幾乎全包辦。夫婦倆同心協力，讓家庭生活一天好過一天，而且稍有積蓄。

一般人平時省吃儉用，但每逢尾牙必定大魚大肉犒賞自己，陳阿池在一九七三年農曆十二月十六日尾牙當晚決定開始茹素，當時母親非常贊同，並告訴媳婦：「阿清有此心願，請支持他吧！」就這樣，數十年如一日。

有一次他去理髮時，碰到慈濟委員林碧琪正在跟大家募款，他代表全家捐獻，歡喜護持。兩個月後，參加慈濟列車回花蓮，證嚴法師開示：「如果每個會員以一隻手指協助推動，我就輕鬆許多。」令他感佩落淚。

從此他更積極從自己做起，常回花蓮慈院當志工。林鑾蝦說，每次回花蓮都要好幾天，他必須請同事代班開公車，沒有賺錢還得賠本，他還是做得很歡喜。

退休後，他專心投入做環保。大兒子林建安從事環保工作，不忍年邁父親操勞過度，常在公餘時間協助清運環保分類後剩下的垃圾。兒子的孝心讓他非常窩心，覺得一生辛苦很值得了。

林建安說，父親一生做事認眞負責，在學校是模範生，服務企業時當選模範勞工。因爲服務熱忱，逢年過節還有乘客送禮致敬；因爲與同事友愛相處，從不計較，退休時，同事合贈「幸福安樂」玫瑰金牌表示祝福。他以父親爲榮，但也希望父親多多保重，有健康的身體，慈濟環保志業才能繼續護持。

（完稿於二〇〇一年九月）

梅香伴書香——吳淑梅

「哈！哈！」常常還沒見到人就聽到爽朗的笑聲，無論是見面招呼或電話聯絡，開口就來個「親愛的……」吳淑梅開朗的個性、語言的天分，完全遺傳自父親。

她父親是俗稱的「老芋仔」，高中畢業，寫得一手好字，閩南語很溜，幾乎不像個外省人，刻苦耐勞，以賣水果維持一家八口生計。母親是所謂的「收驚婆」，收取微薄的費用貼補家用，「恁攏是佛祖養大的！」母親常對孩子這樣說。

因為窮困付不起房租，常被迫搬家，用來批貨的三輪車上不時堆滿全家家當，沒有家具，只有些許鍋碗瓢盆。最後在臺北萬華長泰街，好心地主把豬舍租給他們，全家動員清理後，父親把撿來的木板釘成地板，就是起居室，晚上鋪上草蓆權當臥房，一家人必須頭腳交錯擠在小小的空間，不過總算有個安定的家。

吳淑梅從國中開始就利用暑假四處打工賺錢貼補家用，以半工半讀方式完成高商，同時又進修空中商專。一九八三年結婚，婚後先生對她疼愛有加，家庭生活幸福美滿。

爲了陪伴孩子，她開始走入校園，擔任內湖明湖國小、國中的導護媽媽，先後達十餘年，外向活潑的她活躍其間，找到付出的快樂。

一九九四年，她皈依證嚴法師，並積極參與慈濟活動，環保志工、醫院志工都留下她的足跡。

一九九六年，她看到「靜思讀書會」的招生廣告，以研讀證嚴法師的著作爲主，便開始參與，深入佛法，讓道心更堅定。期間，她參加學校所舉辦的讀書會，研讀吳娟瑜著作的《栽培你自己》一書，受益匪淺，便去上了許多成長課程，並取得師大成人教育中心專業講師的資格，在臺北市立圖書館東湖分館、東湖社區婦女協會舉辦成人、親子讀書會，開始做自己喜歡做的事。

一九九九年，她開始帶領「靜思讀書會」，益發投入讀書會的經營。讀萬卷書，行萬里路，讀天地萬物，更學習讀人我的優缺點，以書塑身，美化人生。吳淑梅邁向專業帶領人培訓，也著實培養出許多人才，深耕社區讀書會，同時推廣靜思文化。一年一度的成果展，學員由開始的閉塞缺乏表達能力，到個個拿起麥克風侃侃而談，成長的喜悅看得見。

讀書能夠改變一生，一本書的創作是一個人生歷練的結晶，多閱讀學習其中智慧，可以讓自己成長，少走許多冤枉路。吳淑梅說：「《經典》無論是自己讀或帶領讀書會，一直是我的最愛。」

之後，「靜思讀書會」導讀人的功能被帶進大愛網路電臺。「真心看世界」主持人慈鳴邀請吳淑梅以對話方式陸續在空中導讀。

密閉式的空間，雖然讓她有些膽怯，不過在慈鳴親切地導引下，她慢慢進入狀況，能夠掌握說話的抑揚頓挫，也收到良好的回響，她說：「因爲廣播結了很多善緣。」花蓮區大愛媽媽楊麗卿就是在節目中聽到吳淑梅的導讀，學以致用，將《瓶子阿嬤》帶到她的讀書會分享，也帶進校園。從此她經常與吳淑梅請益，兩人成爲好朋友。

內湖區陳雪如習慣隨時以手機收聽大愛網路電臺，有一回她聽到吳淑梅分享「明情緒」，教大家認識自己的情緒，做情緒的主人，覺得非常受用，馬上錄製下來編入教案，帶入校園分享給更多學子。

「每次導讀，收穫最多的是自己。」內湖區《妙法蓮華經》讀書會導讀人吳淑梅感恩地說：「當佛入滅後，阿難尊者把握當下，勇於面對，他謙虛、潔身自愛，心量開闊結好緣，有學有德，在在提醒我們『如是我聞』不僅傳承兩千多年來的智慧，還有許多做人做事的道理，是學佛者學習的榜樣。」

（完稿於二〇一五年七月）

一張劃撥單——許慧敏

十二月天，臺北街頭溼溼冷冷的，有些寒意。許慧敏帶著組員要去花蓮靜思精舍當志工，她身材高挑，鶴立雞群，面帶笑容親切地招呼同伴。

大夥兒上了自強號火車，一陣喧譁後，許多人養精蓄銳，準備迎接明日的挑戰。窗外遠山近景映入眼簾，隨著車行不停的更換，往事彷如生命的列車一幕接著一幕，許慧敏感觸良深……

許慧敏的父親是臺中清泉崗美軍顧問團機械工程師，在她九歲那年，父親檢查突然跳電的冷氣，意外觸電墜樓，導致昏迷不醒，成爲植物人長達一年多。期間雖受到政府優渥的醫療照顧，仍然無法挽回父親的生命，家庭頓失依附。

母親強忍悲慟，堅強帶著五個稚齡的孩子，回到臺北三重定居。同時在榮民總醫院找到清潔工作，獨自扛起家庭生計。

排行老大的許慧敏，高商畢業後急著找工作，在桃園一間公司擔任會計。二十三歲，結識當年蔣經國先生的外勤隨扈林興春，交往一年多，彼此情投意合，攜手走入禮堂。

婚後與公婆同住，先生因勤務需要，夫妻聚少離多。每每有委屈向先生訴說時，他總是輕聲細語地安慰她：「感謝你的容忍，我會好好補償你。」

連續生了三個女兒，許慧敏得不到公婆的歡心，家庭氣氛陷入僵局。「求不得的苦啊！」她想：「其實生男生女非我能決定，結果為什麼要我承擔？」她找不到可以傾訴的人，只有暗自飲泣，精神的煎熬讓她幾乎喘不過氣來。

一九九〇年有一天，林興春拿回一張劃撥單，要她匯點錢到花蓮，他說：「同學都說這位師父很有愛心，要在花蓮蓋醫院，正籌措經費，我們也來共襄盛舉。」「好！」隔天，她帶著三個女兒到郵局劃撥五百元。

不久之後，就收到收據及《慈濟道侶》，從此她每月持續地劃撥。四個月之後，她懷孕了，醫師產檢說是個男孩，她還是半信半疑，直到兒子出生，才整個人癱軟，心想：「責任已了，我可以好好地睡一覺了。」

從《慈濟道侶》上看到許多感人的故事，她好奇地打電話到臺北分會。志工林麗香和她約時間，夫妻一起造訪。訪談三個多小時，看到許慧敏有三個女兒，手上還抱著一個兒子，林麗香鼓勵他們說：「夫妻同修，障礙最小，助緣最大。」

許慧敏想做慈濟的念頭油然而生，不過她想一定要先找一份工作，自己有固定收入再做慈濟，以免影響家庭生活。婆婆主動承諾要幫忙帶孩子，許慧敏感恩婆婆的幫忙，很快地在大賣場找到工作。

慈濟在新生公園舉辦義賣活動，志工慈謹等人到許慧敏工作的大賣場採購物品。許慧敏除了協助籌備，也開始繳善款。從每月一千、兩千，到三千元時，慈謹給了她一本募款本，邀她一起收善款！

許慧敏果然沒有辜負慈謹的期望，不僅她受證慈濟委員，先生也同時受證委員及慈誠。這時先生已經從外勤轉內勤，在警政署工作。許慧敏向先生承諾：「雖說公修公得，婆修婆得，但是你沒有空做的事，我會替你完成。」

婆婆看到她的改變，非常讚歎慈濟團體，說：「花蓮的師父眞好，把媳婦教得這麼好。」還說：「媳婦能改，我也能改。」不再處處挑剔，主動幫忙做家事，婆媳之間關係愈來愈好。

許慧敏兼顧志業、事業與家庭，積極耕福田，尤其是警察、消防及眷屬團體的關懷與互動，更是不遺餘力。

許慧敏常想起證嚴法師說：「警察平時就賣命，有事更是拚命，社會少不了警察，關懷警察更要全民參與。」一般警察眷屬對先生的擔心、操心，以致無法放心，她感同身受。

一九九五年，許慧敏正要前往花蓮慈濟醫院做志工途中，在火車上巧遇莊文堅、施緊和翁千惠，一個是警察，一個是警眷，他們正要去向證嚴法師請益相關問題。身爲警眷的許慧敏，立刻加入陣容。

法師呼籲成立「慈濟警察、消防暨眷屬聯誼會」（簡稱慈警會），許慧敏等人探訪臺北縣市各個警察單位，了解基層警察人員的需求，邀約眷屬走出家庭，將對先生的疼惜，擴爲大愛，讓愛傳出去。

許慧敏自掏腰包買血壓計，關懷內湖區各個派出所，爲員警量血壓，逢年過節舉辦茶會，送花、小禮物及靜思卡片，除夕夜遞上一杯熱茶。她一次又一次誠懇地表態，得到信任而有真誠的回應，彼此互動良好。

慢慢地，企業人士也來支援經費，繼續拓展關懷警察活動，以團隊付出關懷因公受傷或殉職的警察眷屬，給他們溫暖，讓他們走出悲傷。

（完稿於二〇〇八年三月）

工作與行善結合——林建成

二〇〇五年間，一個酷熱的午后，林建成坐在客廳喝茶，看電視新聞，享受難得的假日午休。主播的聲調突然顯得急促：「臺北縣汐止分局位處偏僻的橫科派出所，正在值勤的警員遭歹徒突擊、殺害並奪走配槍逃逸，有一位警員當場死亡，一位受重傷……」

內湖區緊鄰汐止橫科，同一時間，慈警會志工許慧敏從電視新聞得知消息後，馬上動員起來，林建成立即下聯絡網，並和三位志工率先趕到臺北市忠孝醫院太平間，只見死者躺在單架上，被白布覆蓋著，橫科派出所副所長在一旁臉色沈重，事出突然，痛失一位夥伴，他悲傷不已。慈濟人邀請他一起爲往生者助念。

現場媒體及圍觀的民衆衆多，志工接到訊息陸續趕到，有的助念，有的協助維持秩序，有的到三軍總醫院關懷受重傷的警員，還有的膚慰家屬。

往生警員的父母聽到噩耗，匆匆從雲林北上，父親出門了，才發現連鞋都沒有穿，打赤腳衝到助念室，掀開白布，一面哭喊：「兒子啊！你怎麼了？快起來！快起來！」一面用力拍打兒子的臉：「兒子啊！我可憐的兒子啊！……」

母親則哭倒在志工的懷裏，情景令人鼻酸。站在一旁的林建成看到這一幕，深刻感受到警察人員隨時暴露在搏命的危險中，當下複雜的心緒湧上心頭，忍不住心酸紅了眼眶。

身爲中階警察幹部，他能了解警察的需求及心態，所以每當春安演習、警察節、消防節等相關節日，他都會以慈濟人的身分，給予警察同仁適時的關懷，鼓舞士氣；員警或眷屬發生事故或生病住院時，他一定及時前往慰問，發揮慈警會的功能，讓警消及眷屬感受到大家庭的溫暖。

林建成實際參與慈警會的運作，發覺慈警會是一塊很大的福田，需要更多人共同來耕耘。他承接分局「謝老師」——從事員警心理諮商的工作，正好可以與慈警會相結合，關懷員警的工作從此更加周全。

他心裏常想著證嚴法師的話：「要別人喜歡你的團體，必須先讓人喜歡你這個人，處處與人結好緣。」於是，他在工作上力求做到最好，重視績效，以工作表現與長官結好緣。

「嗶！嗶！」林建成一面吹著哨子，手指著違規攤販，請對方撤離現場，以免阻礙交通。看到年邁的攤販爲了討生活必須東躲西藏，想到自己曾經過過苦日子，慈悲之心油然而起，但礙於職責，他還是必須執行公務。

林建成的父親是礦工，非常重視孩子們的教育，省吃儉用，就是要讓孩子完成最基本的小學義務教育。兄姊們小學畢業後外出做事，也以薪俸幫助弟弟就學，林建成因此得以讀完初中才外出找工作。

經朋友介紹在臺北市警察局擔任工友，從事遞送公文、清潔及送茶水等基層工作。力爭上游的林建成，白天工作，晚上念高中夜間部，並積極準備報考警察學校。

一年期的基礎警察教育畢業後，他被分發到臺北市政府警察局交通警察大隊服務，許多同事下班就去玩樂紓壓，他則和少數同事留在隊裏讀書，準備進一步報考警官學校。警官學校畢業後，擔任公路警察局分隊長職務。

三十多年的警察生涯，從最基層的工友到中階警察幹部，林建成謹記父母的教誨，恪守本分，受到上級長官的肯定。二〇〇二年獲得預防犯罪類「金吾獎」，這個獎項五年之內不能重複獲得，而二〇〇八年，他再度獲頒交通執法類「金吾獎」的殊榮。

一九九三年，林建成從永和舉家遷居內湖後，岳母加入慈濟會員，同時替他植福繳善款。一九九九年他調任內湖分局第六組組長，每個月都可以看到慈濟志工來分局爲同仁量血壓，噓寒問暖，逢年過節致贈小禮物、卡片，表示關懷。

在許慧敏的引薦下，他參加慈濟在花蓮舉辦的第一屆慈警會研習營、在關渡園區舉辦一日精進佛一，以及參訪九二一災後慈濟援建的學校希望工程等，從此對慈濟這個大家庭更加認識。

二〇〇二年林建成受證慈誠後，許慧敏鼓勵他和太太攜手同行菩薩道。但是岳母擔心女兒太累，不表贊同，他們只好瞞著岳母偷偷參加培訓課程，也努力學習如何表現更好，希望贏得岳母的認同。

在許慧敏的帶領下，他們利用下班時間投入，幫助需要幫助的人，並且常常找機會和岳母分享。林建成的用心感動了岳母，最後她打開僵局，不僅完全支持，而且捐一百萬元，成爲慈濟榮譽董事。

林建成引用證嚴法師的話：「慈濟人是找好事做，警察是好事等著做」，工作性質相同，他要發揮自己的良能，在目前警察崗位上多做關懷，把慈濟精神融入警察工作中，讓事情更圓滿。

（完稿於二〇〇八年二月）

堅持做對的事——鄭昌錦與謝麗娟

夜，是造物主給人們另一個顏色的世界，同樣時空裏，有多少人迷惑在繽紛絢麗夜色中，內湖慈濟環保站週三夜間環保日，一輛輛轎車穿過黑夜轉入山谷，點亮環保站的夜空，他們都是利用下班時間投入社區環保。

將內湖區十七個夜間環保點回收資源載運完畢，大夥清洗後，一起分享愛心消夜，深夜十點，抱著滿心歡喜走向歸途。盛泰汽車專業修護的老闆娘謝美玲說：「這裏有家的感覺，來這裏做環保非常快樂。」

鄭昌錦是從二〇〇五年三月開始承擔週三夜間環保日及每月第二星期日大型環保日的聯繫、協調工作，在人力不足時隨時補位。

生於嘉義朴子鎮農家的鄭昌錦，九歲失怙，孤兒寡母相依為命，小小心靈立下要改善生活的心願。小學畢業，他就南北奔波積極找工作，追隨三哥到繁華的大臺北學做生意，到餐館學煮牛肉麵，後來爲了多陪陪母親，他回鄉種田，同時學做新港飴。直到母親因病往生，他才重回臺北，在三重市一家印刷廠工作。

工作期間認識來自臺南麻豆鎮的謝麗娟，兩個個性內向的年輕人在異鄉相遇，他們有共同的話題，鄭昌錦足足大了謝麗娟一輪，他好像兄長呵護小妹般，對她疼惜有加，很快贏得美人心，兩人攜手步入紅毯。

婚後，育有一對兒女，夫婦倆勤儉持家，從租屋到有屬於自己的房子。他們心存感恩，在生活安定後，渴望付出，回饋社會，在鄰居介紹下，全家成爲慈濟會員。

謝麗娟很早就接觸佛法，她的車上隨時備有錄音帶，方便開車時聽聞，最鍾愛證嚴法師的開示：「人生難得，要把握當下；對的事做就對了。」而且融入日常生活中，受用無窮。

接觸慈濟後，鄭昌錦也非常認同證嚴法師的精神理念，經常利用工作之餘投入慈濟。受證慈誠後，更勇於承擔樂於配合，無論是希望工程、醫院志工、精舍志工、社區環保、賑災、訪視，只要有空隨時補位。

謝麗娟原本是家庭主婦，孩子上國中後，她選擇二度就業，找到德明商專（德明大學的前身）工友的工作。在學校耳濡目染的她，決心重拾課本，從大直國中夜補校三年、開南高工夜間部三年到德明專校假日班三年，長達九年的老學生生涯，風雨無阻，順利完成大專教育，不但得獎學金還獲得市長獎殊榮。

她不僅將資源分類落實在生活中，從自身做起，進而家庭、工作場所垃圾分類，甚至外出旅遊都把自己的垃圾帶回家。後來，她調至學務處，負責宿舍區舍監工作，看到堆積如山的垃圾，被野狗覓食扒亂，汙染停車場，便利用下班時間或犧牲假日，彎腰做環保。

她教導學生資源分類，宣導將回收的物品稍微清洗一下，提高回收處理的速度和整潔，也積極推廣自備碗筷、水壺、購物袋，減少餐盒、寶特瓶、飲料樂利杯及塑膠袋的使用。

她常告訴學生：「地球只有一個，我們要好好珍惜它，要懂得惜福、造福，福才會跟著來。」

鄭昌錦認爲環保是慈濟志業重要的一環，而做環保不用大學問，只要用智慧，每個人都可以盡情地發揮，從做中學，悟道理，是修行的最好道場。

凡事認眞負責的他，因爲需要上班，自覺環保經驗的傳承不夠完善，於是提前退休，負責勤務調配，也承擔環保站的調度，他發現：「環保志工有年輕化的趨勢，對於未來的展望更具信心。」

「志工們來自不同背景，負責勤務最困難的是人員調配。」多年經驗累積，鄭昌錦總是親自到任務現場，關懷陪伴及經驗傳承，他表示：「以愛心待人，以磊落的心胸接物，則人生到處充滿眞善美。」

志工夥伴陳明崑讚歎他：「思考細膩、穩健、動作俐落、以身作則。」

（完稿於二〇〇五年十月）

枴杖當扁擔——唐銘德

挑著四處撿拾的回收物，一頭捆綁的紙箱比人還高，一頭是一大袋的瓶瓶罐罐，老人家挑得不勝負荷，彎腰駝背，還是每天固定來來回回四、五趟。

他是八十三歲的唐伯伯，慈濟內湖區環保站無人不知，無人不曉，做環保的造形非常奇特，除了假日，風雨無阻天天報到，這分堅持與毅力，令人讚歎。

他總是戴著大斗笠，以常用的枴杖當扁擔，曾斷了一節仍捨不得丟，用膠帶層層捆綁後，繼續使用。

他放下肩上重擔站起來，在涼風送爽的深秋，全身溼透，豆大的汗珠掩不住歲月蒼蒼，真教人心疼。他抽下頸上的毛巾，一面拭汗，笑得非常自在歡喜。

唐伯伯習慣在頸上掛著用來割劃紙箱的美工刀，乍看像似時下年輕人流行的行動電話；腰際兩側，各繫一個裝滿膠塑繩的塑膠袋，用來捆綁紙類。每天清晨三點出門，沿路撿拾，內湖、南港，最遠到中山區，都有他的足跡。

操著濃濃鄉音的唐伯伯說：「做環保已經是我的例行工作，因此結了許多好緣，我要繼續做下去，一直到我不能做爲止。」

唐伯伯本名唐銘德，曾參加對日抗戰，隨著胡璉部隊輾轉撤退，來到金門，娶當地人爲妻。離屆齡退休還有一年兩個月，因細故提前離開軍職，兩老定居在內湖干城一村。

後來，家住桃園的二女兒告訴爸媽，慈濟有資源回收志業，將垃圾變黃金，黃金變愛心，護持大愛電視臺，轉化清流繞全球。唐伯伯夫婦看了大愛電視後，非常認同理念，於是認眞地投入資源回收工作。

起初是背著塑膠袋一路撿拾，也沒帶手套，看到垃圾筒就翻撿，手受傷了仍然繼續撿拾，撿回家放在院子裏一段時間，再由二女兒載回桃園環保站。

有一天，沿路撿拾當中，唐伯伯意外發現內湖也有慈濟環保站，於是就用自己的模式，一趟趟地將回收物挑到環保站。

他從口袋掏出環保志工服務證，非常慎重地說：「我以前是個酒鬼，在內湖環保站，上午領證做環保，下午就戒酒。近兩年來滴酒不沾，專心做環保。」

資深環保志工陳阿池，勸他放在定點再派車去載運，唐伯伯始終有自己的堅持。

唐伯伯做環保被肯定，而且做出心得，有成就感。他有固定的回收點，每天必定去回收，然後送到環保站。「是一種責任也是義務。」他說：「有一天生病去看醫師，還得打電話請假，避免關心我的人擔心。」

唐伯伯軍人的浩然大氣猶在，不輕易接受別人的幫忙，志工施月美常常看到他挑來回收物時，趕緊上前幫忙卸下，然後送茶水、噓寒問暖，倒是和他互動蠻好的。

志工林姿儀也常幫唐伯伯，她說：「大概我們比較有緣吧！有一次在路上，從背後看到唐伯伯的那一幕，我非常心疼，迄今始終烙印在我的腦海裏。」

因此，每次環保站有活動就介紹唐伯伯，也鼓勵他上臺分享那分堅持和意念。他總是說：「無他，我佩服上人的理念，愛護地球做環保，一直到不能做爲止。」

（完稿於二〇〇三年十一月）

笑看塵緣惦惦仔做——林瑞

清晨，天空飄著毛毛細雨，林瑞騎著腳踏車，頭頂著大斗笠，戴著老花眼鏡，身穿雨衣、長筒雨鞋，背後的資源回收物疊得比她還高，前面扶手掛滿回收用來捆綁的繩索、剪刀……

她緩緩地踩著踏板，騎進巷底慈濟資源回收站，志工們趕緊放下手邊分類工作，幫忙卸下滿載的回收品。

出生於臺北內湖的林瑞，早年就曾經認捐慈濟醫院病床。從銀行裏理職務退休，第二天就投入慈濟志工行列。經資深志工張金枝的牽引，跟著大家一起擦拭佛堂、擦地板、掃廁所、學做香積，最後她選擇用自己的模式「惦惦仔」做環保。

在逆境當頭時，林瑞曾經精神恍惚受病魔的折騰，期間兩度夢見證嚴法師身著袈裟，寬大的袈袖輕輕一揮後，一步步地往前走，緩緩消失在雲霧深處……林瑞醒來精神爲之一振，她找到方向，決心要「跟師父走」。

她回憶說，同在公家銀行上班的夫婿，身居要職，卻因交友不慎，嗜賭又酗酒，罹癌往生後，留下大筆債務。她無心悲傷，腦海充滿對債權人的愧疚，盤算著如何以有限的力量逐一還清。

在清理夫婿遺物時，赫然發現他居然有外遇，頓時整顆心都碎了，感嘆爲他揹負債務，多麼不值得。然而逝者已矣，林瑞「不拿別人的過錯懲罰自己」，她勇敢地面對事實，省吃儉用，逐一還債。

老年又痛失愛子，她悲慟欲絕。鄰居資深志工吳秀蘭與夫婿廖智造適時地噓寒問暖，常邀她到家裏用餐，曉以生老病死乃人生自然法則，母子既然緣盡，要給他祝福。唯有母親心安，兒子才會靈安，許多法親的關懷與撫慰，她感恩在心。

林瑞拭去悲傷的淚水，帶著給兒子的祝福，回到忙碌的資源回收，彷佛兒子一直陪在她身邊，當超載負荷時，她仰望穹蒼喊著：「兒子啊！助我一臂之力！」冥冥之中輕鬆地載抵目的地，她從忙碌中撫平傷痕。

林瑞「惦惦仔」做環保，在附近家喻戶曉，她以身體力行付出，穿梭巷弄，體會做環保是很好的修行，要放下才能輕安自在。

（完稿於二〇一四年五月）

踏實每段人生——張綴

內湖區慈濟人排行第三高齡的張綴，法號慈淑，名副其實擁有溫和善良的淑德。舉凡認識她的人都說：「老菩薩非常客氣，修養好，說話輕聲細語，默默承擔。」

張綴個子不高，嬌小玲瓏，一頭灰白稀疏的長髮，梳了個整齊包頭，顯得精神奕奕。早年的困苦養成她勤勞奮勉的性格，做事從不推辭，縱使兩度心臟開刀，體力有限，仍然忍著病痛做慈濟事。

張綴是臺北市人，生於一九二七年日治時代，出生二十八天就被送到張家當養女。養母沒有生育，已領養一女，待她們如己出，加上她聰明伶俐，甚得養父母的疼愛。

養父當油漆工，每月收入有限，儘管她小學成績名列前茅，師長也鼓勵她繼續升學，無奈家境不允許，小學畢業後就到市役所（今市政府）當工友，每月賺十五元微薄薪水貼補家用。

她說：「日治時代，臺灣人與日本人殊多差異，爲了討生活，凡事服從忍讓，乖乖牌的日子會比較好過。」或許這也是她日後養成的忍耐功夫吧！但是她始終沒有忘記力爭上游，利用晚上進修學習打字、簿記等一般事務課程。後來，日籍老師介紹她到日商石原產業會社臺北事務所，擔任打字工作。期間逢中日八年抗戰，臺灣是戰場，她說：「逃警報的歲月不但終日膽戰心驚，物資缺乏更是雪上加霜。」

臺灣光復後，她先在七十軍司令部服務八個月，再轉入臺灣行政長官公署（後爲省政府）都市發展局工作，擔任局長辦公室機要祕書的助理。她因應時勢要求，加緊學習國語文，因此和長官溝通無礙，歷經六任局長，甚得長官的賞識。

生性善良的她，擔任公職期間奉公守法，待人謙虛誠懇，同事有需要幫忙時，一定盡量幫忙。她記得當時有些同仁希望出國進修，碰到長官愛才或刁難時，她常從中協助促其順利成行；遇有廠商辦理文件不齊全，她總是不厭其煩地說明，務使在最短時間內辦好手續。她說：「有能力給人方便是件非常快樂的事。」

公職期間雖然薪水微薄，但固定的收入是她安身立命的依靠，歷任長官的厚愛她心存感恩，縱使有一段時日必須隨職遷移臺中，對家庭照顧不方便，她仍然堅守崗位，適時再請調回臺北。在她的生命中，住都局宛如第二個家，同事間情同手足，迄今還保持聯絡。

張綴年輕時長得甜美乖巧，有不少的追求者，但是她保守又孝順，不敢自由戀愛。到了適婚年齡，隔街林姓青年的母親看上她，親自來向養母提親，她順從養母的意思，一九五二年與林姓青年步上紅毯。

訂婚時，養母收了一千兩百元聘金，卻沒有爲她準備嫁妝，從此她得不到婆婆的歡心。大姑又多方排斥與挑剔，不予入戶籍；她委屈忍耐，未料四年後兒子出生，也被排斥在戶籍外。

她毅然決定離開那個折磨傷心地，住進省政府宿舍，唯一告慰的是，獲得兒子的扶養權。

平日，孩子由養母幫忙照顧，她白天上班，晚上幫人打毛衣，需要加班時盡量加班，多賺些錢貼補家用。後來，姊姊家中發生變故，外甥女來投靠她，生活的擔子壓得她幾乎喘不過氣來。生母曾經想伸出援手，但都被她拒絕。

省政府遷址臺中，她隻身隨職，把薪水寄回家，爲了節省交通費，忍受思念兒子的煎熬，一個月才回臺北一次。辛苦熬了幾年，直到外甥女師範畢業開始教書，協助分攤部分家用，她的生活擔子才稍微鬆懈下來。

曾經任職國小校長、目前已退休的外甥女陳壽美非常感恩她，把她當成母親關心對待，「自從投靠阿姨，她對我的疼愛照顧，幾乎是無微不至。」

她不但愛自己的兒子，對親戚的孩子，只要能力所及一定盡量幫忙，因此姪子、外甥們都非常尊敬她。陳壽美說：「她雖然名義上只有一個兒子，事實上她有無數個兒子。」

一九八七年，她因積勞成疾，心臟病發，開刀換主動脈瓣膜；二〇〇一年，第二次開刀再換主動脈瓣膜。這些生命的關卡，她有驚無險順利地度過。曾經被她關懷過的孩子們，都輪流到醫院探望、照顧，個個知恩圖報，讓她覺得非常欣慰。

她一生篤信佛教，早年皈依廣欽老和尚，每月第一個星期日必到臺北土城承天禪寺參加大悲懺法會，在家每天做早課，迄今數十年如一日。

自從心臟大手術後，她認為命是佛菩薩所賜，餘生要多做些有益的事。一九九一年，她成為慈濟會員開始繳善款；一九九二年屆齡退休，更有時間投入慈善志業，她說：「活到老學到老，參與每一項工作都是學習成長，學到很多上班時不會的事情，覺得很歡喜。」

舉凡分會諮詢、聯絡處值班、訪視、香積、助念、醫院志工、街頭勸募、義賣等，只要接獲通知，她從不推辭。在臺北分會擔任諮詢志工，她負責盡職，書寫通報又多，文筆通暢，字體漂亮，社工人員讚不絕口。

訪視夥伴許美代不忍她太累，常常主動關心，並攔下工作要她多休息，才可以走更遠的路。陳壽美也關心阿姨的健康，常常提醒她要量力而爲。但是她那無私的奉獻精神始終不退縮，積極推薦新委員參與慈善工作，唯一的希望就是後繼有人。

（完稿於二〇〇四年四月）

巧思縫製福慧袋——吳月鶯

慈濟內湖區環保總站最近較往常更熱鬧許多，進門左側鐵皮屋裏，每天人來人往，平均都有二十多人，有的剪裁、有的縫製、有的修線頭，個個埋頭勤做福慧小提袋。

從事服裝設計的吳月鶯，長的非常清秀，打扮入時，爲了承接這個新任務，白天都在現場待命。熟諳平車操作的她，不只是負責教會志工如何製作福慧袋，而且全盤管理，包含原料進出、製作過程、成品品質管制，以求完美。

吳月鶯指著牆上掛的標語說：「資源回收再利用，化腐朽爲神奇，是我們的目標。」呼籲社區志工踴躍投入，同耕福田。利用回收透明柔軟的硃砂布，巧思裁剪成爲高雅大方的淑女手提袋，當作歲末祝福福慧袋，約需製作四十萬只。

誠如證嚴法師說：「用心就是專業。」吳月鶯從工作中求精進、求簡化，她說：「原本大片裁剪，需要兩面車才能光面亮麗，費時又不美觀。」經熱裁，就不會起毛邊，車起來又快又好。

目前只要將裁好的長條砂布，放在一張倒置的圓凳上，利用圓凳的四只腳卡住圓滾筒似的砂布。她的先生莊清華，利用假日也投入裁剪操刀，環保志工陳天榮、陳美馨配合，三人一組，一前一後一中間，從圓筒拉一定長度再回轉，中間的人負責接應及疊平，如是來回。莊清華說：「一次一百三十二長條一裁，一長條可作十一個福慧袋。」

裁剪方式改善後數量增加，吳月鶯說：「除了供應本區縫製外，並外送信義、文山、板橋、海山、淡水、桃園、中壢、新竹等地區配合製作。」由葉金吉負責原料輸送及成品回收，大家都做得既幸福又歡喜。

製作窗簾爲業的志工吳徐秀鳳，因爲頸椎曾經受傷復健中，身穿鐵衣仍然埋首車縫；她每天送孫子上學後，七點三十分就來開門，一直忙到晚上七點關門，風雨無阻。她說：「因爲脊椎下彎不方便，做環保有困難，坐著踩車仔沒問題了。錯過之前車毯子的機會，我要把握因緣趕快做啊！」

吳月鶯說：「慈濟大家庭人才濟濟，師父要用什麼人才，人才自然就出現了。」她秀出志工巧手縫製的福慧袋，確實美麗大方。志工異口同聲說：「我們都不要錯過年底的歲末祝福喔！」

（完稿於二〇〇三年九月）

清平自在樂活——洪林溫實

在內湖環保站時常可以看到洪林溫實的身影，除了做環保分類之外，她熟諳日語，又曾於慈濟周年慶擔任導覽工作，遇有日本參訪團參觀環保站時，她聲音宏亮是最佳人選。

慈祥的笑顏，端莊雅淑，從她開朗的笑容絕對看不出來，她的人生曾經歷許許多多的「苦」。

篤信觀世音菩薩的洪林溫實，每天清晨做早課，數十年如一日。她追憶坎坷的一生，宛如在說別人的故事那麼自在，豁達樂觀的她，總認爲「沒有過不去的苦。」

小學五年級時，洪林溫實的大哥自日本學成歸國，帶著全家遷徙彰化。初中畢業沒有繼續升學，嫁到臺北的鄰居好姊妹，引介她擔任當時臺北市議長的助理。之後，轉進第一商業銀行擔任出納工作。

期間，經友人介紹而結婚，先生爲了增加家庭收入，辭去工作自行創業，卻因交友不慎被騙，非常鬱卒。不久就常覺得身體不適，於是回到臺中婆家養病。兩年後，先生逐漸恢復健康，才回到臺北重新生活。

洪林溫實除了當家庭主婦、照顧孩子外，擅長理財的她，以跟互助會、標會，靈活運轉財務，在劍潭精華地段購屋置產，又買下內湖住處。她省吃儉用，未雨綢繆，經驗告訴她「好天要準備雨來糧」。

誰知人算不如天算，她二姊的兒子從事房地產業務，在景氣好的時候不斷地融資擴張，央求洪林溫實借房屋抵押貸款。重親情的她，二話不說，同意兩棟房屋都借貸。

不幸，遭遇房地產低迷，銀行利率節節上升，外甥不得不宣布破產，她毅然賣掉劍潭的房子，還清貸款。二姊對她又愧疚又感恩，她則認爲：「親情不是金錢可以衡量的。」

先生屆齡退休後，也把退休金一百萬無條件地支援她的外甥，結果也是一去不回，但是他並沒有埋怨，洪林溫實非常感恩先生的寬容大量。

爲了貼補家用，她到大飯店做櫃臺工作，只是歲月不饒人，工作五年後，體力不行而作罷。夫婦簡樸過生活，她表示：「日子憨憨啊過，只要有一碗飯吃就滿足了。」

洪林溫實認爲，人的一生，寵辱都不由己，唯有把握因緣布施。先生因感冒引起併發症，住院四天就往生了。好像一場夢，洪林溫實茶不思、飯不想，哭了三天，夜裏擁抱著陪伴的好友，哭累了才睡著。當時慈濟志工的助念及關懷，讓她非常感動也很感恩。心念一轉，她決定要勇敢地面對現實。

內湖聯絡處啓用後，她固定每星期一、三、五做生活組的工作。志工愈來愈多後，她也配合傳承，丁金定就在這樣的機緣下結識洪林溫實，之後兩人情同母女，常常一起做志工，甚至帶著自己的孩子、孫子投入九二一希望工程工地做香積。丁金定說：「溫實有母親般的慈愛，和她在一起感覺非常溫馨。」

洪林溫實除了例行的組內工作、醫院志工及大愛臺値班外，巧藝坊的毛毯、福慧袋製作也少不了她。她能唱日本老歌娛樂病患，音色優美，頗受好評，能一口氣爬上五樓，也面不改色。

搬到內湖多年，她沒有換過家具，餐桌、衣櫥表面漆都脫落泛白，餐椅靠背壞了，她把它鋸掉磨平變成圓凳，一樣很好坐。衣櫥打開只有名牌的「慈濟制服」，床頭櫃放的也是名牌「慈濟包包」，爲自己打造一個清平自在的樂活人生。

（完稿於二〇〇九年四月）

隨傳隨到隨時補位——陳銘烜

冬天的太陽晒得人暖烘烘地，陽光普照的午后，慈濟內湖聯絡處人文館咖啡飄香，在靜寂的氣氛下，與陳銘烜伉儷約訪。

個子不高，蒼蒼白髮配上紅潤娃娃臉的陳銘烜，不愧是國家級的太極拳教練，看起來就是非常健康。

他輕啜咖啡……「銘烜師兄，學生已經參觀完現場，馬上要進入佛堂，音控請你配合……」志工陳淑穗催促著。

陳銘烜默不作聲，起身向音控室走去。不一會兒，任務完成回來，他笑臉迎人地說：「待會兒還約好去替照顧戶搬家，明天一早巧藝坊需要載布料。」

「他就是這樣隨時補位，隨傳隨到。」坐在一旁的妻子王翠蘋補充說。

陳銘烜把握時間，滔滔不絕追憶著他命運多舛的童年往事：

父親原是紡織工廠工人，因爲景氣不好，工廠常發不出薪水，便改做運輸生意。陳銘烜身爲家中老大，得幫忙搬運工作，好不容易撐到國小畢業，年僅十三歲就棄學就業，一次搬八十公斤的物資。他自我揶揄地說：「就這樣壓抑得我長不高。」

個性不認輸的他，把握因緣力爭上游，在機械工廠當學徒，學會鉗工、車床等技術，又在軍中隨營補習，取得初中同等學歷，之後半工半讀完成高職機械製圖課程。爲了改善家庭生活，努力充實自己的技能。

婚後夫妻同甘苦，在市場賣肉鬆兼賣雜貨，勤儉累積加上父親的資助，才在臺北購屋，接祖父、父母北上，四代同堂。多年的努力，終於賺進一些財富，又陸續置產。

爲了改善生活品質，多陪伴孩子，他們縮短做生意的時間，在女兒考上大學後，便收攤不做生意，買了漂亮的休旅車，帶著全家人遊山玩水，平日種種花，過著無憂無慮的生活。

生性善良又勤勞的他們尙有餘力，同時投入慈善工作。陳銘烜參加三軍總醫院志工服務，王翠蘋就近在社區投入慈濟資源回收。

有一次，王翠蘋在內湖聯絡處中央廚房製作賑災便當，巧遇熟人姜禮強。姜禮強曾是和他們生意合作二十餘年的上游廠商，當時常找陳銘烜吃喝玩樂，是不被王翠蘋歡迎的人物。

三年不見，姜禮強的改變，讓王翠蘋覺得不可思議。他約陳銘烜在聯絡處會面，分享自己改變的心路歷程，同時誠懇勸說：「生命有限，錢夠用就好。」他邀陳銘烜一起來園區做環保。

「憨厚老實的他風雨無阻，每天都來，不懂得如何推辭，哪裏需要人，他隨時補位，做得非常認眞。」姜禮強讚歎說。

「銘烜是個追求完美的人，他認爲一趟車出門要求經濟效益，所以要疊得整齊才載得更多，曾經上車踩紙板多次滑倒，導致椎間盤凸出，復健許久才復原。」王翠蘋心疼地說。

他常開資源回收車去檢修、保養，因此與汽修場的老闆熟識。老闆推薦：「有部九人座的報廢小客車，車況、性能還不錯，要不要惜福？」陳銘烜現場檢視了一下，雖然手排沒那麼順手，困難應該可以排除。於是自掏腰包花了三千元成交，從此私車公用兼司機，油費偶爾有人隨喜，變成志工出班訪視、公祭的交通工具。

為了替慈濟留下歷史紀錄，他利用餘暇，自費去社區大學學攝影、剪輯。內湖聯絡處有活動時，他操作音控，讓活動運作順暢。從此他多具備一個功能，無論是讀書會、貴賓參訪需要音控配合，他都樂意協助。

陳銘烜每天清晨在社區免費教太極拳，與人結善緣外，大部分時間都在聯絡處，做環保是他的最愛。

他很遺憾來不及引領母親做環保，老人家就壽盡往生。父親每天從民生社區搭公車到內湖聯絡處做環保，做得健康又快樂，腎臟病也改善許多。

「自己要學會自我放鬆，訓練自己多做，但不要多想；身體可以勞動，但不要浮動；對自己要有信心，不要事事都求完美，世間並無完美的事，事情認眞做就好，不要太執著；對人和氣，凡事不需強求；活著就要安心自在，人生是如此無常，沒什麼好計較的，要把握身心的健康，好好做事。」陳銘烜把證嚴法師開示的這些話抄寫下來，貼在衣櫥上，每天更衣時複誦一遍，他笑著說：「我要把它刻在心坎裏，還要和在日本進修的兒子分享。」

（完稿於二〇〇九年二月）

柔和善順滿母願——陳明崑

陳明崑的五舅和五舅媽是慈濟人，雖然遠居美國，但一有機會就督促他要多做善事，並引導他加入慈濟。起先他躊躇不前，是母親和妻子再三催促，於是他跨入慈濟大門，開始做環保。

他愈做愈有興趣，慢慢改掉不良習性，說話的口氣柔和許多，陳媽媽看到兒子的改變，非常高興，也和媳婦同時加入這個團體。從此，只要慈濟有活動，陳明崑總是帶著媽媽一起參與。

陳明崑有一手好廚藝，遇到大型活動或賑災需要人手時，他常抽空當主廚，媽媽就跟著做香積；也把握因緣帶媽媽到內湖園區協助做福慧袋、賑災毛毯等。

陳媽媽在兩歲時，因爲臀部關節長癤，當時開刀不順利，造成兩腳不等長，走路有點跛。個性好強的她，因此非常自卑，小學沒畢業就學洋裁，婚後夫婿缺乏家庭責任，加上三個兒子接連出生，還好她有一手裁縫好手藝，獨自扛下整個家計。

因爲走路跛跛晃晃，陳媽媽一向不喜歡出門。剛來慈濟時，志工們都在門口列隊拍手歡迎，她低頭不敢向前，說：「那麼多人看我，不好意思，我們走後門好嗎？」

「媽！不必害羞，我們是來做善事的，要光明正大地走大門啊！」陳明崑以粗壯的手臂牽著媽媽，給她安全感，而且總是很驕傲地介紹：「這是我媽媽。」讓媽媽感到有尊嚴，很自在地融入志工的行列。

將近七十年來，媽媽因爲行動不方便，每每要坐下時，總是把整個人往椅子摔似的，而且隨著年齡增長，摔勁愈來愈大。有一天，她發覺髖關節凸出，告訴媳婦後，陳明崑馬上要帶媽媽去就診，但是媽媽卻說：「都幾十年了，看醫師有什麼用？」

這回，陳明崑沒有順從媽媽的意思，只是耐心地說服：「我會找很好的醫師。」

去花蓮慈濟醫院做志工時，他聽說骨科醫師余載九醫術高超，當時臺北慈濟醫院剛啓業，有余載九的門診，於是他馬上預約掛號。

余載九自信地表示，可以開刀。陳明崑像是遇到貴人，卻憂喜參半，他不忍看媽媽再這樣跛下去，但是開刀畢竟有風險。

舅舅、阿姨和媽媽手足情深，認爲幾十年都過了，年齡這麼大何必冒險？陳明崑心裏很有負擔，又不能表現出來。

等待開刀期間，他爲媽媽加強食補，並不時鼓勵說：「余醫師很有信心醫好您的腳，請媽媽放寬心。」

有一天，媽媽突然說排定的開刀日是農曆九月九日，剛好是她六十九歲，農民曆顯示「諸事不宜」，全家人爲此都感到不安。陳明崑告訴媽媽：「我們都是證嚴上人的弟子，上人要我們轉個心念，世事會更美好，九月九日是活得長長久久的意思啊。」

開刀後前幾天，陳明崑夜以繼日地守候，甚至替媽媽洗澡。剛開始，媽媽害羞不好意思，他以浴佛的心情讓媽媽心生歡喜。

開刀後第五天，媽媽可以下床站立而且練習跨步，她自我調侃：「活到七十歲才開始學走路。」興奮心情表露無遺。

媽媽住院十天終於可以出院，一直以來媽媽習慣和陳明崑同住，因爲住家是公寓四樓沒有電梯，爲了複診方便，暫時住小弟家。經過三星期，媽媽復健情況良好，可以爬樓梯，才把她接回家。

不知情的鄰居看到陳媽媽上下樓梯跟以前不一樣，行動顯然輕鬆自如，便好奇地問：「陳媽媽，你的腳？」

「兒子帶我去開刀了。」

「現在醫學眞發達，你兒子也眞的很孝順呢！」

陳媽媽笑得開懷，邀請鄰居來坐坐。在沙發椅旁邊，陳明崑給媽媽準備一張高椅子，鋪上護墊，讓媽媽可以舒適地坐著看電視，她開心地說：「這是我的特別座」。

一年多來，陳媽媽復健情況良好，陳明崑還帶著媽媽、妻女去日本北海道賞雪，接著又回花蓮向師父拜年，還幫忙撿菜做香積，陳媽媽做得非常歡喜。

陳明崑柔和善順滿母願，讓媽媽終於可以昂首闊步走向人群，不再因爲跛腳而感到自卑。

（完稿於二〇〇七年三月）

深入經藏悟無常——簡淑伶

簡淑伶和夫婿許栽源，因承製大愛劇場而與慈濟結緣，在製作節目的過程中，他們吸收許多佛法，也因此增長了生命的寬廣。

有一年，簡淑伶得知慈濟有「入經藏」演繹大活動，她把握因緣參加，雖然較晚加入，但工作運轉自如後，她加緊練習，同時閱讀《慈悲三昧水懺》。

然而沒多久，夫婿無預警地病倒，讓簡淑伶感受到「無常」又如影隨形地悄然接近。她擔心夫婿在幾年前幾乎要他命的舊疾復發，深怕會失去最親愛的家人，驚慌中，她懺悔往昔所造諸惡業，而今更堅定心念入經藏，一一悉懺悔，所有功德回向給她的夫婿，讓他能有機會善用有限的生命，製作更多好的節目，傳播正法傳遞愛，也爲他自己延展無限的慧命。

她感恩佛陀慈悲，夫婿能重業輕受，雖然面臨洗腎狀況，但是已經度過險境。

簡淑伶周旋在醫院與工作之間，仍然把握分秒，隨身帶著筆記型電腦，利用夫婿休息時間，從網路「入經藏」手語教學，演練演繹手語，同時抽空至集訓現場和大家排練，一心一念就是要入經藏。

深入經藏之後，她赫然發現自己往常竟跟阿修羅一樣愛生氣，對自己脾氣衝、修養不好，總是讓夫婿受氣，悔恨不已。練習經藏演繹時，唱誦出來的懺文，心似針扎般痛楚，她彷彿自己給自己審判，所犯的錯誤是無所遁形。

「心如工筆繪畫師，能畫各種諸顏色，一切境界心所現，心境又隨意念轉……」經由讀經，她領悟到心念種因，果隨意至，唯有深切懺悔，將品格落實在生活當中，才能洗滌心垢，同時積極影響夫婿齋戒、滌洗過去諸多不良習性，期攜手同走菩薩道。

一向不太說話的夫婿，因自身的病苦深切了解人生苦短，若不把握因緣增長慧命，此生豈不虛度？他從沮喪中走了出來，拿出劇本做功課，他知道他還有「大愛」課業尚待努力做下去。

（完稿於二〇一一年七月）

創造生命的價值——陳三舟

一頭灰白的頭髮，中等身材，精神奕奕、充滿自信的陳三舟，秉持農家子弟內斂耿直的個性，做事總是一板一眼。

從職場退休後，生活步調頓時輕鬆，夫妻倆常相攜遊山玩水、泡溫泉、爬山、唱卡拉ＯＫ。夫妻同進同出拉近彼此距離，他們談古說今話家常，經過十個月，該講的話都說完了，該玩的也都玩得差不多了，而且每出國一趟就花了很多錢。而太太也變得芝麻小事愛挑剔、愛翻舊帳，兩人經常發生口角、摩擦、冷戰。

有一次跟太太冷戰中，陳三舟無聊看電視，剛好轉到大愛臺，看到兩位志工接受採訪，一位是公務員，一位是大學教授，他們做志工做得很歡喜，感覺那燦爛的笑容是發自內心。

陳三舟心想：「這正是我想要的呀！」原本以爲志工都是一些歐巴桑做的事，當下他決定要找到慈濟做志工。

第一次出勤務是二〇〇四年納莉颱風襲擊臺灣，大量雨水造成大愛電視臺淹水，陳三舟參與搬沙包擋水工作，做到全身都溼透，泥濘滿身。他說：「說不累是騙人的，但是心裏卻覺得莫名的快樂，只是擔心回家不知如何向太太交代。」

果不其然，他帶著笑容回到家，太太大發雷霆，大聲吼道：「你那麼愛做別人的事，怎麼不做家事？自己的衣服自己洗……」一向以大男人自居的他，爲了做志工，從此在家裏拖地、洗衣服、倒垃圾，樣樣都來。

剛開始，他跟太太仍然針鋒相對，但是想到靜思語：「要改變別人一定要先改變自己」、「改變自己是自救，影響別人是救人」，陳三舟就會放小聲音，讓！讓！讓！讓！他體悟摩擦一定是兩人的問題，一定要忍辱，漸漸地摩擦就愈來愈少了。

因爲負責的勤務愈來愈多，太太對他的認眞投入抱怨連連，陳三舟總是默默地，「對的事，做就對了。」

提及做醫院志工印象最深刻的事，他很嚴肅地說：「浴佛」。有一次突然接到訊息，有病患需要協助擦澡，他欣然前往。看到病患全身汙垢沾滿排泄物，且發出惡臭，他立刻想起證嚴法師曾說：「把病人當作自己的親人，就不會不自在。」

志工們穿起護理師準備的「青蛙裝」，戴起手套，由陳三舟負責清洗。他拿起刷子幫病患從頭清洗到腳，花了很長的時間，當任務完成時，全身早已溼答答，分不出是汗水還是洗澡水。

這位病患突然豎起大拇指笑著跟他說：「師兄，你好棒！」陳三舟看到病患清洗後的清爽，內心非常感動，他覺得：「這就是生命的價值。」同時也體悟到法師常說的「無緣大慈，同體大悲」的眞諦。

還有一次在急診室服務，一位老先生因登山不愼滑落山溝，肋骨受傷呼吸困難，由兒媳陪同就診。

陳三舟要帶病患去照X光片前，先請他兒子幫忙更衣，突然聽到兒子在更衣室裏大叫一聲，陳三舟疾速趨前一探，原來是老先生褲子沾滿排泄物。當下，陳三舟給予機會教育，告訴老先生的兒子：「當你小時候，父母親也是這樣幫你把屎把尿的，這是你報答父母恩的最好機會。」一邊協助他爲老先生清理乾淨。

太太看到他的改變，從極端地反對到默默支持，陳三舟心知肚明。有一次，內湖園區製作毛毯需要志工車布邊，他想起太太是裁縫師傅，回家就邀約太太和全球苦難的人結好緣。太太一口就答應，而且也愈做愈歡喜。

陳三舟溫馨塡滿心頭，家事做得更起勁，對太太更是體貼入微。

（合作撰文／王惠卿）

有子萬事足——鄭敏朗

一手持枴杖，一邊由太太攙扶，鄭敏朗步履蹣跚，緊緊地將一千顆星星抱在胸前，談到懿德家族的孩子們，他如數家珍，卻激動地紅了眼說：「孩子們豐富了我的人生……」

鄭敏朗擅長攝影，除了社區活動外，也參加國際賑災，到過印尼、北韓、菲律賓等地，爲慈濟留下歷史的足跡。

早期慈濟護專以女生居多，陳春梅擔任懿德媽媽，只要學校有活動，鄭敏朗都義不容辭擔任攝影。因爲自己沒有孩子，他們把家族的孩子視同己出，聽到孩子們喊爸媽，感到窩心不已。

多年來，除了聚會，鄭敏朗也隨時以電話關心孩子，噓寒問暖，和孩子互動非常好。逢年過節，孩子寫的賀卡，他逐一珍藏，隨時翻閱。

其他懿德媽媽都讚歎說：「敏朗爸爸對待孩子們無微不至，足以取代媽媽的角色，他和孩子溝通非常交心，也是孩子們談心的好對象。」

鄭敏朗透露說：「他只是先和孩子們做朋友，學習做年輕人的夥伴，再和孩子分享成長的喜悅。」

鄭敏朗和陳春梅結婚才三個月，就因爲感冒吃藥引發腎臟病，一確診就很嚴重，從此開始洗腎。好不容易等到換腎的機會，這個腎他用了十四年六個月，遭到排斥後，只好再洗腎。

後來，政府變更法令允許五等親及配偶互贈器官，陳春梅把自己的腎捐一個給他。手術期間，適逢畢業在即，孩子們全班折紙鶴、蓮花及兩千顆星星，裝在兩個玻璃瓶，祝福爸爸、媽媽，又錄了一卷錄音帶以及一段大合唱，爲他祈福。

可惜這次手術十二天後又遭排斥，鄭敏朗仍需定時洗腎，但是他樂觀微笑度過每一天。他非常珍惜每月家族相聚時間，縱使必須洗腎也不缺席。

孩子們畢業後，張永杰到金門當兵，只要回臺灣，一定到臺北探望。鄭敏朗知道金門很冷，就準備好幾件羊毛衛生衣給他。

賴信宏說：「從爸爸身上學到做人要樂觀進取，他祝福爸爸趕快恢復健康，胖回來更可愛。」

「畢業後，爸爸對我們還是十分關心，擔心我們找不到工作、工作是否適應，還擔心我們沒有好好照顧自己。」梁興怡感恩地說：「爸爸的關懷讓我們很感動，同學間的感情也因爲爸爸更加凝聚。」她答應爸爸要當聯絡人，讓家族情誼直到永遠。

鄭敏朗謙虛地表示：「我沒有多少可以給孩子，只能盡量付出，雖然付出無所求，但無形中孩子已讓我的生命增添許多色彩。」

捨不得摘下老花眼鏡——何廖瓊麗

每天清早，被人暱稱「瓊麗媽媽」的何廖瓊麗，搭公車到慈濟內湖聯絡處做志工，數十年如一日，無論刮風下雨從不間斷，甚至颱風天都不想錯過。

曾經有一回，一早下大雨，兒子考量安全，要求她不要出門，過一會兒，天放晴了，瓊麗媽媽笑著說：「呼天騙去了！」說完馬上整裝，開心做志工去了。

一生篤信佛教的瓊麗媽媽，經常利用公餘之暇跑道場。有一次和大姑媽在公園散步，獲贈一本《慈濟月刊》，得知慈濟是個實踐佛法的團體，更景仰證嚴法師的德行。

她找到心靈的依歸，爲了護持慈濟在花蓮蓋醫院，以個人積蓄捐出一百萬，並在七十四歲高齡受證慈濟委員。聆聽證嚴法師開示，常提到「來不及」三個字，她深深地烙印在腦海裏，還說：「我要趕快做，不然也會來不及。」

在內湖聯絡處的香積廚房，經常可以看到她鬢髮霜白的身影，默默地做，切寸菜形狀美觀又快速，是香積志工的標竿，她教香積團隊煮出一鍋鍋香Q又不沾鍋的白米飯。

每年的兒童夏令營是內湖聯絡處大型活動之一，也是香積團隊「最幸福」的時段，正值炎熱時節，瓊麗媽媽經常做得衣服溼透了又乾，仍然不停歇。

她認眞投入志工，有一次，因爲又累又餓暈倒了，還好充滿意志力的她，很快清醒，還堅持要繼續做下去。媳婦聞訊趕到，拿她的飯盒準備替她打飯，發現飯盒裏只有半碗麵，「當天香積做了二十多道菜餚，媽媽卻不捨得多放點飯菜進入自己的飯盒。」

日治時代，瓊麗媽媽畢業於高等女學校；退休前，在實踐家專（今實踐大學）服裝設計系擔任管理員近四十年。天生手巧的她，耳濡目染，學會服裝設計、打版、修改等好手藝。

內湖聯絡處巧藝坊成立福慧袋的製作，原本就有縫紉基礎的瓊麗媽媽，更是積極投入，負責將薄如蟬翼的緞帶車縫爲布面，動作非常俐落。

「再不做，就沒得做了！好加在，我還有人愛！」瓊麗媽媽感恩有機會拿出她的絕活，掛著老花眼鏡帶著溫柔的笑容說，說話的同時依舊捨不得離開平車臺。

看過瓊麗媽媽精心製作福慧袋的人，都會讚歎精緻的布料質感和巧妙的束口設計，以爲所費不貲。事實不然，一只福慧袋，所使用的無論是布料、繩帶、針線、縫紉等，都是在「惜福愛物」的思維下完成，充滿了純樸動人的情懷。

每天志工早會連線結束後，哪裏需要人手，瓊麗媽媽就去哪裏，從早上八點一直做到下午四點。她說，「多做多得，感恩自己還能夠付出」。

多年前，她曾參與過摺疊二手衣，一邊摺疊，一邊檢視，看見釦子鬆脫了，拿起針線縫好，有發黃的、破損的、髒汙的衣服，就淘汰再送去回收。釦子扣好，仔細摺疊整齊後，清點數量，放入紙箱，集中等待打包裝箱，運送到國外給急需要的難民。

把握因緣做環保，克己復禮從自我做起，是瓊麗媽媽的志向。媳婦說：「媽媽不怕多做，就怕家人擔心她的健康，要求她多休息。」

在住家附近的培英公園做環保，為了綁紅布條，不慎摔傷了脊椎和手臂，她整整臥床一個半月，耐不住半年的調養，她穿著鐵衣，清瘦的身影穿梭在內湖聯絡處各個角落，令人驚訝、不捨，也由衷地敬佩。

「我要跟隨上人的腳步，就沒有時間累了。」瓊麗媽媽說。

五十歲存起來後，今年「四十六歲」的瓊麗媽媽，舊曆年前清晨起床如廁，在房門口不小心被椅子絆倒，摔裂髖關節。兒子、媳婦緊急將她送醫開刀，她靠著堅韌毅力，很快復原，住院十一天就出院返家。

瓊麗媽媽平時在家做環保，剪紙分大白、小白，分得非常細膩，每天工作十二小時。住院期間，心心念念要做環保，媳婦答應等她傷好出院，會再拿回收紙給她剪。出院一回到家，瓊麗媽媽迫不及待地拿起剪刀就開始做環保。

人都會老，但瓊麗媽媽不以「老」當藉口，善用生命力行一切善，「老」只不過是她生命的痕跡，卻不是她慧命的障礙。

（完稿於二〇一八年六月）

春風化雨樂未央——曹溫淑珍

入冬以來，寒流一波接一波侵襲臺灣，尤其北部細雨紛飛，又溼又冷，但是，這些都抵擋不了曹溫淑珍從事慈濟志工的熱忱。

清晨六點，天色還灰濛濛的，她首先保護好自己，在藍天白雲制服外加件毛衣，戴上自己編織的毛線帽，包住一頭蒼蒼白髮，披上厚厚的大衣，她站在梳妝臺前左右端詳一會兒後，充滿自信，精神抖擻地出門去。

搭上社區第一班接駁車轉公車，輾轉抵達大湖公園站，下車的剎那，一陣冷風帶雨迎面吹襲，曹溫淑珍頓覺寒意，她快步地橫過馬路走向內湖環保教育站，看到早到的環保志工，沿路親切地招呼：

「菩薩早！」

「菩薩早！天氣冷，愛穿燒燒喔！」

「金枝菩薩，昨天按怎嘸來？」

「看到您很歡喜，您沒來我會想您。」是她最常說的。

小學教師退休的曹溫淑珍，擔任教職長達四十三年。退休那年，臺灣遭遇九二一大地震，她參與慈濟在災區舉辦的「震動大愛 重建校園」師親生活動，也因此展開人生第二個春天。

進入慈濟首先參加教聯會，落實社區之後，在內湖環保教育站投入環保，參加大愛媽媽及親子成長班等活動。她說：「上人不斷地提醒慈濟人：『老的愛顧，少年的愛箍』。」

幾年來，大愛媽媽成長班孕育了不少人才。內湖環保教育站的環保志工們，也習慣每天早上做早課。八點整，大家暫時放下手邊工作，在齋堂排排坐，聆聽證嚴法師的開示。

她發揮教師的長才，認養星期三陪伴環保志工聆聽法語，爲大家講解、分享，希望能「法入心，法入行」，增長智慧，歡喜投入。

「好事放心頭，壞事放水流」「心美看什麼都美」……看到老菩薩愁眉不展時，她的靜思語朗朗上口，有時唱些不老歌，教十巧手敲打運動，逗得環保志工眉開眼笑。她穿梭在紙類、瓶罐區，雙手做分類，不時與環保志工寒暄話家常。遇到有人參訪時，就主動帶巡禮，充當解說員，眞正做到「低頭做環保、抬頭挺胸說環保」。

她希望自己一天出門不要只做一點事，時間分毫不浪費。她力行「一天五善（吃素、省水、省電、隨身攜帶環保餐具、搭乘大衆交通工具）」，並向環保志工廣爲勸說。

年過八十的她，鼓勵大家參加環保站舉辦的健康健檢活動。「這跟去醫院做檢查完全不一樣，就像在家裏那樣溫暖和安心，有健康的身體才能繼續做環保。」

二〇一七年八月，她在自家意外摔傷了脊椎，迄今仍在復健中，動作沒那麼俐落，但還是堅持要走出來。她感嘆地說：「不做三等國民，做自己能力、體力做得到的；能做是福氣，不能做是不得已。」

天生一雙巧手的她，善用回收材料，做出各式各樣精美小飾品跟大家結緣，如塑膠繩做魚、柿子等吊飾，配上靜思語，精美實用又討人喜愛。

她同時在環保站開班授徒，也帶入大愛媽媽成長班課程。做蓮花吊飾之初，她提供材料，從花瓣的層層組合、間接穿珠、加上配飾，再以中國結串聯，教會基本作法後，再由學員自由發揮，作爲裝飾或送禮都適宜。

她說：「蓮花生長在汙泥中，卻沒有沾染上汙穢，比喻不與人同流合汙，不爲無明煩惱所困擾，表彰人品的高潔。」

曹溫淑珍認爲年紀大更要常出來看大家，也讓大家看，要乘現在能做就多做一些。她讚歎兒子、媳婦都非常孝順，把先生照顧得很好，讓她無後顧之憂。她充滿信心地說：「我要好好規畫自己的時間，把生命的餘暉發揮得淋漓盡致，做到最後一口氣，更希望能走得有尊嚴。」

（完稿於二〇一八年二月）

當那彩霞滿天——賴月霞

頂著炙熱的太陽，賴月霞隨著資深志工林碧琪及關懷小組一行，來到德明技術學院後山的小徑。漆黑的木板矮房裏，一張塌陷的沙發、一塊溼漉漉的床墊、茶几上亂七八糟擺放鍋碗瓢盆、一把還撐開的雨傘，曾阿嬤就住在這個都市的暗角。

賴月霞俐落地將老人扶上輪椅，推到門外樹蔭下，吳明雪替阿嬤剪頭髮之後，賴月霞接著以克難的方式幫忙洗頭、擦身、換衣服。阿嬤一身清爽，終於展現笑顏，連連稱謝。

大夥兒合力清潔屋裏屋外，並將用卡車載來的有腳木板床架設就緒，讓行動不方便的阿嬤上下床比較方便。林碧琪又技巧地徵得阿嬤的同意，將逐步改善居住環境，希望雨天時，不再是外面下大雨，裏面下小雨。

關懷獨居老人是慈濟慈善工作重要的一環，因此類似情況不勝枚舉，賴月霞隨傳隨到，只要出訪絕不缺席。

在內湖聯絡處經常可以看到賴月霞忙進忙出，不挑工作，無論是環保、香積、燒茶水、擦拭佛堂等，她都主動找來做。最常做的是掃廁所，她笑著說，愈是沒有人搶的工作，做得最歡喜自在。

賴月霞有著濃濃的雙眉，配上白皙的肌膚，看起來像是個貴夫人，她卻有不堪回首的童年，及坎坷的人生歷程。

童年時期，正值日治時代，一般百姓生活困苦，她的父親在中日戰爭時，被徵兵去南洋，從此一去不返，留下孤女寡母相依爲命，日子過得非常清苦。爲了減輕母親的負擔，賴月霞念到小學五年級就輟學，隻身到臺北討生活，在餐廳做服務生。她工作認眞，頗得上司的讚賞，小小年紀就扛起家庭生計。

雙十年華，她與在職場相識相戀的先生攜手共組家庭。婚後育有二子一女，夫婦都非常重視孩子的教育，兒女也不負雙親培育，學業品德良好。

因為工作需要，先生常應酬喝酒，因飲酒過量傷及肝臟。他與病魔纏鬥多年，往生時只有四十九歲，還留下大筆債務。

賴月霞忍著悲傷，承擔起養兒育女的責任，直到孩子一個個成家或就業，債務也還清了。邁入五十大關之際，她決定捨棄酬勞優渥的工作，經友人介紹認識家住嘉義的吳桑，隱居南部鄉下，合作經營秧苗培植工作。

當時，她以纖細的雙手捧著粗重的秧苗，許多親友都不看好，但是她一做就是八個年頭，在當地開創一片天，贏得親友的讚歎。然而，賴月霞的心靈世界卻常常浮現「忙忙碌碌一場空」，不踏實的感覺。

吳桑在地方上稍有名氣，他們時常出席地方公益活動。在一次活動中，結識嘉義新港慈濟委員江美枝。在江美枝的牽引下，賴月霞好像找到回家的路，心生歡喜，從此排除萬難參與「慈濟」活動。

土耳其大地震，她們上街募款；九二一大地震，更積極投入災區做香積，提供災民熱食等；大林慈濟醫院籌建伊始，也參與醫院開幕前的清潔工作。賴月霞學會以前未曾做過的事，感覺獲益良多，非常快樂。

醫院志工是一畝福田，賴月霞每每出勤，看到生老病死、人生百態，體驗「人們無法掌握生命的長短，但是可以智慧地抉擇慧命的延伸」。

後來，二兒子要求賴月霞回臺北同住，享受天倫之樂。回到臺北不久，賴月霞就迫不及待地來到內湖聯絡處毛遂自薦，她凡事不計較，不推辭，縱使踢到鐵板也不退轉。

她隨著鄭月英，利用晚間挨家挨戶做愛灑人間，發現原來社區內還有很多人不認識慈濟，她把親身經歷傾囊分享，募到不少會員和志工，讓她充滿了成就感。她認為，這是證嚴法師的睿智，淨化社會要從社區開始。

多年來，賴月霞努力做慈濟，不僅找到心靈的依歸，也了解「為善最樂」的道理。

（完稿於二〇〇六年十月）

最動人的愛——王林美鳳

入夏以來，氣溫節節上升，走在路上熱氣拂面而過，彷彿被加溫的海浪，一波接一波，令人一陣頭暈目眩，仍然抵擋不了骨髓關懷小組的熱忱，他們要把握機會，藉助骨髓捐贈驗血建檔宣導的因緣，去化度人人的愛心。

內湖區慈誠志工溫開平的太太是受髓者，雖然受髓過程非常艱辛，所幸有捐髓者的愛心，配對成功得以挽救生命，他感念恩澤，知道骨髓移植是目前挽救血液疾病患者的最好方法之一，除了個人現身說法外，不時藉著職場關係牽引骨髓關懷小組，深入公司團體宣導骨髓驗血活動，期待有更多善心人士加入救人的行列。

內湖區結合松山區骨髓關懷小組一行十餘人，在王林美鳳的帶領下，來到臺北市南京東路三段的臺大保險經紀人公司，展開認識骨髓捐贈宣導活動。

爲了認識環境及充分準備工作，關懷小組相約提前抵達現場。開放式的辦公室，員工準時陸續就定位，現場約五十人。

董事長陳亦純暨夫人都是慈濟榮譽董事，非常認同慈濟理念，而且近期關係企業台明慈善公益協會，有一名員工也骨髓移植成功，陳亦純除了表示歡迎外，也重視宣導活動，全程陪同。

松山區骨髓關懷小組表演手語〈人間有愛〉──「感謝您給了我溫暖的擁抱……最動人的愛是信賴……」以貼切又牽動現場人心的溫馨氛圍，展開序幕。

內湖區骨髓關懷小組陳瑋瑋，約略介紹慈濟四大志業八大法印（慈善、醫療、教育、人文、環保、國際賑災、骨髓捐贈、社區志工），骨髓捐贈是其中重要的一環。她個人因爲看到「我好想活下去，您能救救我嗎？」的宣導活動，即積極投入骨髓關懷小組，除了宣導「髓」緣布施之外，並做捐髓及受髓者的關懷，期捐髓救命圓滿達成。

根據慈濟骨髓幹細胞中心資料，目前累計有兩萬三千多名血癌患者尋求配對，雖然志願捐髓者遠超過需要者，但是配對成功率僅只十萬分之一，這也是志工們積極宣導志願捐髓建檔的重要因素。

希望藉由宣導後，透過大家的認知，將正確的資訊傳遞出去，讓等待活下去的血癌病患，擁有一線生機。現場也邀請大家一起觀看「慈濟骨髓幹細胞的運作與實例」影片。

陳瑋瑋在一旁加強說明志願捐髓者的基本條件、腸骨骨髓捐贈與周邊血幹細胞捐贈過程不同、注意事項、骨髓捐贈與血型無關，以及病患與捐髓者相見歡，彼此相擁而泣的感人畫面……

「建檔攸關拯救生命，須謹慎而行，我們不宜給人希望又令人失望，敬請發揮您的愛心，作伙來救命。」

關懷小組現場發宣傳單，同時王林美鳳就其多年來陪伴捐受髓者的經驗，輕言細語分享溫馨感人的故事，並就影片內容以有獎徵答掀起高潮，以檀施叢書、小吊飾、書籤等與現場人員結緣。她提醒「捐髓救人，無損己身」，驗血時請攜帶身分證及兩位不同聯絡地址、電話的親友，祝福大家「福氣嘸得比」。

陳亦純感性地表示，慈濟人柔和的手語令人感動，不禁要流下眼淚。他以承擔社會責任為公司經營方針，認為有什麼態度就有什麼樣的人生。篤信因緣果報的他，鼓勵員工要「說好話、做好事、走好路」，可以的話，希望大家也參與慈濟志工，讓生命更有價值。

（完稿於二〇一〇年七月）

緣生緣盡緣相隨——陳瑋瑋

二〇〇九年十月四日，慈濟內湖區骨髓關懷小組陳瑋瑋，在往板橋參加骨髓捐贈驗血活動途中，接到病患楊文凱媽媽的電話，她哭訴：「文凱已經在今天凌晨走了，現在我們乘救護車要回苗栗的家，我什麼都沒有了，我也不想活了……已經沒有人可以說，只能告訴師姊，非常感恩師姊這些日子來的關心與陪伴……」楊媽媽哭得很傷心，白髮人送黑髮人，令人不勝唏噓。

陳瑋瑋等人是在那年二月，透過電話與楊媽媽連繫，了解文凱和他的父親都生病住院，後續生活會發生困難，因此提出申請，尋求慈濟骨髓幹細胞捐贈醫療費用補助，四月一日將十萬元面交文凱本人簽收。

從此，陳瑋瑋與文凱保持連繫，定時或不定時做院訪，關懷他的生活起居，飲食衛生。再三叮嚀骨髓配對機率幾萬分之一，要好好珍惜，自身要多補充營養，才有足夠的體力，抵制配對後的不良抗衡。

二〇〇八年間，文凱在無意中發現女友另結新歡，雖努力挽回女友的心，終告失敗而分手。文凱因失戀而失志，開始抽菸、酗酒、熬夜，折磨自己。不久，因感冒就醫，醫師診斷是急性淋巴性白血病，經友人推薦，來到臺北三軍總醫院就診。

當時，他的父親因肝癌在新竹馬偕醫院住院治療，母親陪文凱北上住進三總之後，就必須馬上折回新竹馬偕醫院，看護住院中的父親，而唯一的姊姊已經結婚懷有身孕，也無法幫忙，文凱常是一個人獨自面對病魔的挑戰，楊媽媽非常不捨，也很無奈。

二〇〇九年初，文凱經朋友介紹認識網友小蘭，兩人都是大學企管系畢業，有共同的話題。在楊媽媽不克分身期間，正在待業中的小蘭，從醫護人員了解文凱的病情並不單純，爲了避免父母起煩惱心，總是瞞著家人，以去上班或和朋友出遊爲由，常常到三總陪文凱，塡補他精神上的空虛。

隨著文凱的病情，她多次進出醫院，當文凱經幾次化療後，要進行周邊血移植手術的重要關卡，她陪文凱住進隔離病房，及至完成周邊血移植手術後，文凱無法進食，她不離不棄，慢慢誘導進食。

後來，文凱因血壓過低，疑似敗血症，被送進加護病房，她仍然定時進入加護病房，爲文凱加油打氣。

然而，在文凱回家休養等候周邊血移植期間，他的父親卻抵不住病魔的糾纏而往生，文凱帶孝守靈，承諾要好好照顧母親。回到醫院進行移植期間，外婆也不幸逝世。

堅強的楊媽媽處理完夫婿的喪事、送別親愛的母親後，趕到醫院專心照顧文凱。每天除了三次進入加護病房照護文凱外，半夜還要求護理人員特別通融，讓她進入加護病房陪文凱。其餘時間，她都在六樓佛堂念佛回向，也發願吃素爲文凱植福。

有一次正在佛堂念佛時，突然接到醫師通知文凱病危，她全身癱軟，走了好久才到加護病房等候室，這個可憐的母親擔心又要再度面臨親人永別的煎熬。

文凱的病情起伏不定，全身插滿管子，臉呈微腫，雙眼緊閉，任由母親一面以顫抖的雙手爲他按摩，不停地呼喚：「文凱，你答應爸爸要照顧媽媽的，不要忘了，要加油喔！」「文凱，不要怕，媽媽在這裏陪你，趕快清醒回來……」惟恐唯一的兒子棄她而去，慈母的悲泣，令人鼻酸不捨溼了眼眶。

一直以來，陳瑋瑋等人與楊媽媽都是以電話連繫。當在加護病房等候室初次會面時，宛如家人，她靠在志工的肩膀號啕大哭，頻頻道感恩。

楊媽媽在兩個月內失去先生和母親，現在唯一的兒子也離她而去，任誰都承受不了這個嚴重的打擊。擔心楊媽媽想不開造成更大的悲劇，陳瑋瑋馬上電話聯絡當區慈濟志工就近前往關懷、助念。同時邀請內湖區資深志工林游梅，以同理心去說服楊媽媽千萬別做傻事。

十月五日，氣象局發布芭瑪颱風警報，關懷小組一行五人，冒著風雨在高速公路上奔馳，沿途電話和楊媽媽連繫，在頭份下交流道，楊媽媽自己開廂型車來接應，看來非常堅強。

尾隨著她的車，穿過街道再轉入蜿蜒的山路，一片獨門獨戶的連棟建築，排樓整齊的社區就是文凱的家。靈堂設在一樓車庫，前面及兩側以帆布延伸遮風雨。動作俐落的楊媽媽信佛拜佛，現場輕播「阿彌陀佛」佛號，莊嚴肅穆。

關懷小組在文凱靈前雙手合十，以水果等致意，叮嚀說：「此生報盡，一切要放下，快去快回，換個健康的身體，回來人間做好事，要保佑媽媽身體健康。」

楊媽媽站在一旁頻頻拭淚，兩位鄰居太太說：「慈濟人來得正好，趕快勸勸楊媽媽，昨天她幾度以頭撞牆不想活，眞令人擔心。」附近的叔叔也來勸解：「死不是解決的辦法，要勇敢地面對事實，許多善後需要你去處理呢！」

林游梅曾在短期內失去母親、婆婆、女兒、兒子，她以過來人的經驗，告訴楊媽媽，當她陷入痛苦的深淵時，師父告訴她：「你的孩子已經去出生到別人的家庭，如果你一直哭哭啼啼捨不得，他也會有感應而哭鬧不休，你如果心疼孩子，就要放心地讓他走，去做個得人疼愛的孩子。」

天下母愛一直是被讚歎的，楊媽媽拭去淚水，轉身上樓，拿出一疊文凱的照片，有身著軍裝彩色照，英俊挺拔。再度泣不成聲的楊媽媽表示，文凱是個乖巧的孩子，在離開家往醫院接受骨髓移植時，安慰媽媽說：「媽，請放心，二十天後我就會平安出院回家。」未留隻字片語，更令人心疼，她哭著繼續說：「我會堅強地辦好兒子的善後，然後賣掉房子，離開這個傷心的地方，或許與女兒同住，或許自謀生活……」

關懷小組除了膚慰外，也鼓勵她出來做慈濟，以健康的身體做好事，兼做夫婿、母親及兒子的部分，將是功德無量。楊媽媽表示，昨天有四、五位附近的慈濟志工來關心、助念，非常感恩。有就近的慈濟人投入關懷，大家也就放心了。

楊媽媽在處理完文凱善後，捐給苗栗當區骨髓關懷小組兩萬元，並於十月十六日來到內湖聯絡處捐贈三萬元，作爲慈濟建設基金，表達由衷感恩之意。

八個多月來，關懷小組從欣喜文凱幸運配對到骨髓，開始爲生命注入新的力量，祈求菩薩保佑過程順利。隨著文凱時好時壞的病情，宛如洗三溫暖，看到活生生的生命瞬間凋零，只能用心膚慰，陪楊媽媽掉淚。文凱個案沒落結案，心情卻久久無法釋懷。

（完稿於二〇〇九年十月）

輯二

低頭便見水中天

大家族和諧之道——闞清賢

內湖汐止地區榮董聯誼會在內湖聯絡處舉行。汐止的榮董闞清賢伉儷一早就來到現場，忙進忙出幫忙布置會場，他們是有口皆碑勇猛精進菩薩家庭的家長。

闞清賢從發心迄今，短短兩年來，全家圓滿榮董，在聯誼會上一字排開，三個兒子除了老二在學校有事未能到場外，包含媳婦、孫子全數是榮董，羨煞了在場的人員，給予熱烈的掌聲讚歎。

闞清賢原是南港闞姓望族，在汐止發跡設工廠，做各種商標產品。汐止兩度淹大水，他並沒有被打倒，反而愈挫愈勇，生意愈做愈興隆。他說自己「福報透天」，要什麼有什麼，因此心存感恩。

在永和慈濟委員陳琇琇牽引下，參加靜思生活營，他找到生活的方向，發現慈濟是社會上非常重要的一股力量。當下發願全家人都要做慈濟，加入榮董的行列。

回來之後，攜同夫人闞林美惠，依照慈濟規定程序見習、培訓，同時受證慈濟委員，之後他又受證慈誠隊，而且一改三十年來，天天上陽明山泡溫泉的習慣，更積極參與慈濟各項活動。

闞清賢說，證嚴法師教育慈濟人，「凡事不比較不計較」、要「捨得」，這是非常好的德行。他要求三個兒子都要走入慈濟，安排他們參加靜思生活營，培訓成爲慈濟委員。他很欣慰地說：「從此，兄弟之間更能相互照顧，妯娌情同姊妹，大家庭和樂融融。」

闞林美惠信心滿滿地說：「我們有七個孫子，爲了公平，準備今年七個同時圓滿榮董，這樣全家十五人都是榮董，我們以身爲慈濟人爲榮。」

闞清賢說：「非常感恩上人創造慈濟世界，讓我們全家人都能追隨上人走菩薩道。」因此，他除了發願全家人做榮董外，在汐止有一棟空房子，如果慈濟需要，願意開放提供使用，以便接引更多人進入慈濟。

三兒子闕永泰目前與大愛電視臺比鄰而居，他說：「未進慈濟前，總覺得工作已經很忙碌，哪來時間做慈濟？其實時間在於個人如何安排。」

做了慈濟後，闕永泰碰到很多前所未有的事，與環保志工接觸中挖到許多寶，學會做人做事的道理。他感恩父親的引導，讓他的人生不留白，每星期三定點做環保，星期五學手語，勇於承擔，樂於配合。

（完稿於二〇〇四年六月）

最美好時光——吳隆盛

六歲時父母因故離異，小學畢業沒有升學，吳隆盛就被安排到姑姑家當學徒。十四歲時，他毅然決定離開鄉下，到臺北闖一闖，希望擺脫命運的枷鎖。

二十八歲時，他認爲因緣成熟，選擇獨自創業。當時臺灣建築業蓬勃發展，僅僅五年，他的事業如日中天，除了裝潢、建築，還投資五金、建材生意，躍升爲三家公司的老闆，擁有豪宅、美食、進口轎車，家裏時常高朋滿座。

然而事業一旦挫敗，他從雲端跌到谷底，變賣所有資產後，尚負債一千多萬。怎奈屋漏偏逢連夜雨，太太罹患重疾，父親又中風，最大的孩子才上國中。貧病交迫，使他終日精神恍惚，幾度萌生輕生念頭。

有一次，他騎著摩托車去醫院探望太太途中，看到一個小女孩站在路中央，一部大卡車一直按喇叭警告，卻沒人上前搭救，他趕緊把小女孩抱離現場。剎那間，他警覺到「做好事不能少我一人」。

無私之愛油然而起，他決心「從哪裏跌倒，要從哪裏站起來。」他要珍惜生命，讓生命的價值發揮得淋漓盡致。

之後，他每天清晨三點就起床準備賣早餐，待人潮過後，約九點把店交給太太，他再出門做裝潢。

這樣慘澹經營五年多，積欠的債務還得差不多了，他靜下心來思惟，頓覺世上功名利祿彷彿花間露，強留不得，又何苦追求呢？他立願：「我要做更有意義的事。」

於是，夫婦倆加入慈濟雙和地區的環保志工，甚至為了更多時間投入環保，毅然結束早餐生意，僅接裝潢工作。

他笑著說：「反正是一人公司，自由自在；事業可以少做，志業不能不做。」他彎下腰在垃圾堆裏尋寶，滴落汗水的剎那，體悟到生命的眞正意義。

有一段時間，每天晚上九點，夫婦倆把家事安頓好後，結伴出去做資源回收，他們常常忘了時間，往往回到家已是半夜一、兩點。他表示：「說不辛苦是騙人的，不過做環保的日子，是我生命中過得最快樂的時光。」

因爲做環保，他和許多人結了善緣，也藉由做環保的機緣，開導許多迷途的年輕人，重新找到人生的方向。

有一位年過三十的年輕人，一直找不到適當的職業，常常爲了向父母要錢而起爭執。一天深夜，他打電話向吳隆盛「相辭」後，馬上掛電話。吳隆盛感覺情況不對，輾轉追蹤找到他，他已經準備割腕自殺了。經好言相勸，年輕人不但回心轉意，還跪地向父母道歉。

慈濟在新店籌建醫院，吳隆盛基於地緣關係，加上他熟諳建築工程，擅長溝通技巧；從開始找地到興建工程進行，他都全程全心投入，務使醫院早日順利完成，開始做搶救生命的守護神。

吳隆盛的草根性很強，有親和力，很容易和工人打成一片，能深入了解現場的需求，加上具服務熱忱，只要一開口，都有求必應，而且總會讓事情做到最圓滿。

（完稿於二〇〇二年十二月）

女兒的祕密糖果盒——沈國蘭

冬天冷氣團報到，慈濟內湖聯絡處舉行大愛媽媽成長教室活動，約有五十位學員齊聚一堂。志工沈國蘭分享她和孩子愛淚交織的心路歷程。

接觸慈濟將近二十年的沈國蘭，爲了陪伴孩子開始進入校園當說故事媽媽，目前兒子已經大學四年級，她仍在學校做志工服務，也在慈濟承擔文字、採訪、企編等志工工作。

她以「湯圓的故事」作爲主題，讓大家思考看到湯圓會想到什麼？傳統習俗在元宵節時，希望家人團聚吃湯圓，代表這一年能順順利利、圓圓滿滿。但是在人生中眞的所有事都能完美無缺嗎？

沈國蘭有一個幸福的家庭，一對可愛的兒女，從未想過無常會發生在自己身上。在一次全家旅遊中，女兒突然高燒不退，雖緊急送醫，但短短不到一天，引發敗血症不治。天人永隔的悲慟，讓她難以接受，她深切自責沒有將女兒照顧好，也警覺「無常」隨時會發生。

九歲的女兒，俏皮可愛又聰明，更是貼心的孩子，告別式當天，有一百多人來送行。沈國蘭問現場：「如果缺了一角的圓，是不是就不完整呢？」女兒往生後不到半年，沈國蘭決定再進入校園說故事，是什麼力量促使她這麼做？她說這股力量來自女兒所留下的重要禮物。

這個祕密糖果盒，是女兒國小二年級時送的母親節禮物，當時她正忙著做家事，沒有立刻打開。女兒往生後，打開這個盒子，才發現裏面有好多小紙條，寫著：「媽媽，愛您！愛您！」讓她心痛不已，更警覺要珍惜當下，把握擁有。

沈國蘭重回女兒的班級教室，遠遠就看到教室裏有個空位子。班級導師對沈國蘭說：「怡萱的座位一直保留著，同學都搶著要坐到她旁邊，寫字條，還到操場採小花、撿小石頭放在花籃裏，是送給萱萱班長的禮物，還說萱萱會陪伴大家一起畢業。」

學校老師藉以教育學生，生死如花開花謝，冬去春來，生命就是如此生生不息。同學們都沒有害怕，反而提前體會生死，看到生命的正向教育。沈國蘭強調：「人生無法掌握生命的長度，卻能自我拓展生命的寬度與厚度。」當勇敢面對死亡的恐懼，則人生各種困境都能逐一克服。

她將對女兒的思念轉換成文字，把女兒匆促的一生，媽媽來不及給的愛，透過網路、部落格的書寫，得到許多愛的回響。

發現寫作不只可以抒發心情，還可藉以療傷止痛，於是加入慈濟人文眞善美志工團隊，投入文字記錄工作，透過深入專訪，走進許多故事人物的內心世界。

十多年來，她寫過無數眞實動人的故事，發現這些故事可以激勵人心，讓人找到存在的價值。到醫院做志工，見苦知福，印證人有不可思議的能量。走入監獄分享時，看到身上刺龍刺鳳的重刑犯，發現他們只要找到生命的意義，和一般人其實沒什麼兩樣。

如果人生是一本書，開頭到結尾都已注定，每個人如何填滿中間空白部分？沈國蘭說，因爲做慈濟讓她勇敢面對事實，走出來和大家分享。每一年她都會爲自己訂定目標，並逐步完成。

例如參加小說班，完成人生中第一部小說。參加文字寫作成爲種子老師，在社區分享寫作經驗，鼓勵更多志工投入文字記錄，進而製成影片在歲末祝福時分享給更多會眾。當老師、導演、作家，在慈濟免費學習，還可以和大家心得分享。

所以人生這本書的空白部分如何填寫，端賴個人的意願和毅力。缺了角的杯子，換個角度看，它還是圓的。這份愛的禮物是沈國蘭人生的一部分，是女兒送給她的禮物，也希望傳遞給大愛媽媽成長教室的學員，以及周邊需要幫助的人。

（完稿於二〇一五年十二月）

順時達變創新局——吳順王

宜蘭裕宏企業社負責人吳順王，當地人稱他是「怪手宏」。以怪手配合各項工程需求是他的職業，無論是新工程整地、清水溝、種樹、園藝等較粗重、以人力操作有困難的工作，只要他一到都非常受歡迎。因爲他一人加上怪手，幾乎可抵十人的工作量，所以開怪手讓他覺得最有成就感。尤其當災難發生時，第一現場搶救工作，無論是喜是悲，身負使命，給人們都是千萬的期待。

吳順王出生於宜蘭礁溪鄉的農家，自幼隨著父母日出而作，日落而息。長大之後，一心想自創一番事業，改善家庭生活。

當兵回來後，他自購拼裝車代客送貨，當時因爲在鄉下農村，拼裝車雖然沒有牌照，尚能通行無阻，經營了十幾年，生意還算不錯。隨著社會的發展及政府法令的限制，開拼裝車必須躲躲逃逃，這時他想應該是轉型的時候了。

在完全外行的情況下，他買了第一部怪手，當時考慮的是：風險比較小、操作安全、屬於專業技術、可以獨立運作、有發展空間。

吳順王非常有自信地摸索操作方向，自行接洽生意，「從做中學，學中覺」。在生意稍微穩定後，再買第二部怪手教大兒子如何操作。「踏穩腳步再跨下一步」，是他一向的做事理念，迄今擁有多部怪手正常運作，生意應接不暇。

吳順王的太太沈碧霞在姊姊的引導下早就是慈濟的會員，姊姊常帶來證嚴法師的法語錄音帶、《慈濟月刊》、《慈濟道侶半月刊》等，希望妹妹發揮善根，走入大愛。

沈碧霞個性溫和，而吳順王生性躁急，夫妻倆常為芝麻小事因為步調不同鬧彆扭。有一次，沈碧霞關進房間不理吳順王，他實在按捺不住想知道她在房裏做什麼？

看見她專注聆聽慈濟出版的〈渡〉錄音帶，在好奇心的趨使下，他也仔細聆聽，故事是那麼平實，雖然是別人經驗的告白，又好像在說他自己。

之後，他利用開車時又連續聽了好幾卷，尤其證嚴法師的〈自在紅塵〉開示，啓發做人做事的道理，讓他決心做善事。

從此，他戒掉嗜酒如命的習慣，開始參與環保志工的行列，受證慈誠、慈濟委員，在證嚴法師的感召下，以他的專業技能投入九二一救災、埔里國小重建、桃芝颱風在花蓮光復鄉、納莉颱風在雙溪等救災工作。

平常除了環保工作外，他也是宜蘭地區人醫會服務隊司機，負責接送醫療團上下山任務，身著藍天白雲制服讓他覺得很光榮。

投入慈濟志業後，他雖然更加忙碌，但是常年的胃痛卻好了，沈碧霞也放棄利潤頗高的檳榔攤生意，受證慈濟委員，夫唱婦隨，做得非常歡喜。

（完稿於二〇〇一年十月）

臺灣阿信——吳邱幸

太陽出來了，吳邱幸最高興了。她趕緊把洗好的工作手套，和剛刷好的安全帽、雨鞋等搬出來晒，因爲經過太陽的曝晒，除了可以殺菌，還會有一股香味，工作人員戴起來比較舒適。

她一邊哼歌，一邊把手套一只只撐開，或攤在地上或套在木架上，木架好像戴上帽子，酷似天眞的大孩子。

吳邱幸二十歲結婚，育有三男一女。先生原在紡織廠工作，値產業沒落，又轉業不成，因此失業失志，甚至迷上賭博，吳邱幸勸說無效，只好一切靠自己。

一九七七年，她進入國泰醫院工作，一肩扛起養家糊口責任。在開刀房當助理二十三年，加護病房四年多，她任勞任怨，認眞工作；碰到緊急送醫的病患，就持念《大悲咒》、《白衣神咒》，祈求觀音菩薩保佑患者平安。

當時臺灣電視正上演日劇「阿信」，社工感佩她吃苦耐勞的工作精神，乾脆叫她「臺灣阿信」，這個別號很快傳開，迄今她都習慣說自己是「臺灣阿信」。

吳邱幸雖然沒有念多少書，但是她努力從工作中學習，言談中不時穿插幾個英文單字，如：「patient, heart, lung cancer, no problem」等，說得很自然。她非常珍惜這份工作，如今四個兒女都已成家，她感到很滿足了。

一九九九年先生因肺癌往生，她認爲「百年修得同船渡，千年修得共枕眠；姻緣天注定，半點不由人。」先生生病期間，她細心照料求醫，沒有埋怨先生帶給她的「拖磨」，走了就寄予無限的祝福。

二〇〇四年三月，她從國泰醫院屆齡退休。近三十年來，周而復始的大夜班、小夜班，她已經做怕了，覺得該是休息的時候了，除了做點家事外，她白天無所事事，常常看電視不知不覺就睡著了，漸漸地發現有暈眩、偏頭痛、心律不整等毛病。她想，這樣太浪費生命，應該走出去做有意義的事。

吳邱幸從進國泰醫院那年，就加入慈濟會員，她的大嫂魏純足是慈濟委員，得知她的想法，便建議她去做環保。新店慈濟醫院籌建時，需要很多志工，她自己輾轉換公車，毛遂自薦。起先，零星做些景觀工作，後來負責洗手套、雨鞋、安全帽，以及二十幾間廁所，雖然工作量大，但是她愈做愈歡喜，身體毛病也不藥而癒了。

她風雨無阻去做志工，直到醫院啓業後，才回到社區繼續做環保；每週一固定在醫院大廳唱閩南語老歌，自娛娛人。

靜思精舍在二〇〇六年進行增建工程，她一住就是四十多天，仍然負責洗雨鞋、晒手套、洗安全帽、洗工地廁所、清理水槽以及工務所清潔等工作。

安全帽是工地志工必備的工具，被戴用了一整天，不免五味雜陳，必須清洗乾淨，才能給下一位使用。有一次，她聽到一位志工嫌「安全帽怎麼這麼臭？」她很自責，也不解已經很認眞地刷洗，爲什麼會被嫌臭？

她默默地研究，先加點潤絲精，再加點漂白水、海能量清潔劑、明星花露水，效果不錯，聞起來還有香味。吳邱幸攤開雙手，手掌顯得粗糙，不過只要看到大家戴得高興，她就很快樂了。

精舍環境優美，空氣清新，讓她流連忘返。大兒子不解媽媽爲什麼不趕快回家，特地帶著妻兒來探望，抵達後才打電話說：「老媽，我們來看您了！」

吳邱幸向兒子表示：「老媽老了，在家會胡思亂想，出來做志工比較快樂，請你們放心。」她要把握分秒不空過，在菩薩道上用心去做，精進不懈。

（完稿於二〇〇七年十二月）

搬開心中大石頭——潘林珠

潘林珠開朗的笑聲，走到哪裏笑聲就到哪裏。晴天她就到青年公園賣衣服，陰天做環保，下雨天就把回收來的舊衣服稍加修改，再拿去賣，工作永遠做不完，每月收入都有幾萬元，如數匯入慈濟功德海。

她年紀雖大，身體仍然健壯，從萬華搭公車輾轉來到內湖環保站。她說自己沒讀書也不識字，是慈濟造就她，她只能借用大家的耳朵說她所做的，妙語如珠，贏得滿堂采。

潘林珠有個坎坷的童年，三歲時，母親因爲連生三個女兒被迫休離，後母對她們姊妹凌虐有加，八歲就要揹著弟妹操持家務，還常被抽打。

直到十八歲還沒有一雙鞋穿，光著腳挑香蕉到臺南市街頭叫賣，得款全歸後母。她曾一度想不開，走到高雄愛河邊凝視許久，被警察發現喊醒她的惡念。

二十八歲時結婚，一心想脫離苦海，只求有飯吃就好。先生是個窮軍人，他們花七塊五毛錢就完成公證結婚。婚後勤儉持家，無師自通替人修改衣服，練得一手好手藝。

對後母的怨恨始終無法釋懷，證嚴法師告訴她，要把那些垃圾倒掉，搬去心中大石頭。從此，心胸開朗，非常輕安自在。她說：「這是一生中比結婚、娶媳婦更值得高興的事。」

剛開始，她和先生同進同出做環保，先生年邁機能退化後，加上有些憂鬱症，不但讓她單打獨鬥，而且還百般挑剔，讓她受盡折磨。她認爲這是修行路上的考驗，欣然承受，也更努力做慈濟，回向給先生。

因爲脊椎嚴重退化，開始腳麻腰痠，做環保時必須跪著做，不太方便。醫師建議她開刀治療，開刀後必須穿鐵衣。但是十天後，她又開始恢復正常工作。

她說：「人生彷如在大麻園走迷宮，雖然有許多出口，但是走對路最幸福。」她做得非常歡喜，相信自己往生時，一定闔上雙眼帶著微笑，快去快回，再來做慈濟。

好壞都在一念心——謝秀敏

謝秀敏的父親是佛教徒，吃早齋卻酗酒成性，時常無故毆打母親。父親的暴行，讓全家沈浸在一片愁雲慘霧中。

哥哥是職業軍人，不常回家；三個姊姊不是小小年紀就離家外出工作，就是不到二十歲就早早嫁人；家裏只剩下有輕微小兒痲痺的二哥，和年齡最小的她。

其實父親滿疼愛謝秀敏，不曾打過她。不過因爲家裏沒錢，父親常要謝秀敏到附近雜貨店賒酒，讓她被人嘲笑是「酒空ㄟ」女兒，她覺得很丟臉。

有一次，父親又要她去賒酒時，她就拿姊夫買給母親用來推拿瘀傷的「藥洗」給他喝。當時已神志不清的父親，才喝一口馬上吐出來，搖搖晃晃地追打她，一面怒罵：「這是會喝死人的，你知道嗎？」

那是父親唯一一次打謝秀敏，她幼小的心靈不了解，爲什麼父親會有如此暴行？既然是佛教徒，爲什麼可以酗酒？看到母親所受的委屈，她慢慢長大之後，對婚姻產生恐懼。

她很有生意頭腦，常常思考：「上班拿薪水賺錢有限，要到什麼時候才會有錢？不如自己當老闆好了。」高中畢業後，她就在自家空地搭蓋鐵皮屋，開始做餐飲生意，果然生意興隆，賺到一些錢後，又輾轉到臺北和朋友合夥開餐廳，這一次賺的錢更多了。

二十八歲那年，她隨旅行團赴大陸旅遊兼做市場調查，準備在適當的時機，要前往投資餐飲業。一位和她同房的團員，盡說慈濟的事。「我的師父是證嚴法師，他想在花蓮蓋醫院救助貧病的人……」謝秀敏聽了非常感動，馬上答應捐款四十萬元作爲建設病房之用。

之後，謝秀敏靜下心來仔細想了想，才驚覺：「萬一碰到的是金光黨怎麼辦？」她懊惱極了，自責不該那麼爽快地就答應別人。第二天，她隨便找了個理由，改捐一萬五千元，而且馬上拿現金交給對方。她心裏打定主意：「如果被騙了，也只有損失一萬五千元罷了！」

回臺後，謝秀敏把在大陸的際遇告訴姊夫，姊夫非常反對莫名其妙的捐款給人家，認爲她一定是被騙了。過幾天，家裏就收到花蓮寄來的一張一萬五千元收據，之後也定時收到《慈濟月刊》。

《慈濟月刊》從沒間斷地寄到高雄的家，家人都有閱讀，只有謝秀敏人在臺北，沒有機緣看到，月刊內容感動了父母及姊姊、姊夫。三年之後，一家人專程參訪花蓮的靜思精舍、興建中的慈濟醫院，都非常感動。

回家後，姊姊開始募款，父母也都加入慈濟會員的行列，包括原本極力反對謝秀敏捐款的姊夫都開始茹素，父親也不喝酒了，更不會打母親。如此重大的改變，令她感到錯愕。

謝秀敏三十一歲時，經友人介紹與大她十三歲的先生結婚。然而，兩人無論年齡、思想都相差懸殊，根本無法溝通。每天先生一回來，她就藉故找他吵架，先生氣得罵她是神經病，轉頭甩門出去，直到很晚才回家。

她不認爲自己有錯，不斷地要求要離婚，先生處處忍讓，有一次順口說：「你瘋了，我不和你計較，吃飽太閒去逛街呀！」她也氣得狠了心：「好，我就去逛街。」心情不好時就任意刷卡，花費無度。

先生對她無可奈何，從此，就算心裏很生氣，也不敢再招惹她了。

大陸華東大水災，慈濟志工走上街頭募款，很多人都說大陸賑災是拿錢給大陸買飛彈攻打臺灣，謝秀敏也相信了，於是打電話告訴姊姊，不再按月捐款給慈濟。姊姊一時之間也解釋不清楚，只好暗地求助慈濟臺北分會，希望就近找人幫忙。

一天晚上，蘆洲的慈濟志工陳金海來訪，他一來就開門見山地說：「聽說你們要繳善款？」因爲陳金海和謝秀敏的先生同是獅子會成員，彼此相談甚歡，夫婦也應允到花蓮拜訪證嚴法師，見見這位對她家人影響至深的師父。

在靜思精舍和證嚴法師見面時，她告訴法師，自己天生富有正義感，看到不順眼的事情會與人吵起來，尤其對先生的行爲舉止，感覺處處都不對勁，每天看到的都是缺點，要兩人不吵架，根本就不可能。

法師輕聲細語，宛如慈母叮嚀說：「你如果每天活得不快樂，就像身處地獄；如果活得快樂，就像在天堂。」這些話點醒了她，原來快樂掌握在自己的一念心。此行，她當場捐出兩百萬元作爲慈善基金。

後來，參加慈濟訪視工作時，看到一戶家庭的男主人是植物人，一動也不動地躺在床上，還有三個孩子要撫養，做太太的要如何面對未來？看到別人那麼困難的境遇，讓謝秀敏懂得「珍惜」的道理，慢慢對先生付出關心，給家庭帶來溫暖。

（完稿於二〇〇七年三月）

找到心靈歸宿——陳宿

陳宿一生中最感恩的人，是她的女兒劉雪華，別名阿紅，是慈濟委員。在她中風之後行動不太方便，心情非常鬱卒時，阿紅要她來做「慈濟」。

陳宿說：「我又不認識字，如何做慈濟？」

「媽，做慈濟不一定要認識字呀，您的眼睛蓋厲害，您來看看，一看就會了。」阿紅說。

她回說：「好吧！你就帶我去看看吧！」

有一天，阿紅載她到嘉義慈濟聯絡處，看到許多人忙著撿東西、分類，陳宿說：「這些事情，我不知道會不會？」

志工請她到廚房幫忙煮稀飯。她說：「好啊，煮稀飯的工作，我會。」

她煮好稀飯後，看到水槽內有些青菜就順手也拿來煮了，再看看冰箱裏有豆腐乳、土豆等配料，一鍋稀飯輕輕鬆鬆搞定。她招呼大家，「稀飯已經做好了，趕快來吃喔！」

「以後您可以來這裏幫忙煮稀飯嗎？」

「好啊，這個我會。」

她告訴阿紅，家裏離聯絡處太遠了，如何來得及做早餐呢？當時阿紅默不吭聲，私下在附近租了一個房間後，才告訴她：「媽，您有地方住了，可以去做慈濟了。」

她非常高興，趕緊整理簡單行囊，隨著阿紅來到聯絡處附近的住處。阿紅說：「明天一早過馬路去聯絡處時要小心，紅綠燈看好才走喔！」她點頭回應女兒的貼心叮嚀：「好，我會的，你放心。」。

第二天一早，陳宿到了聯絡處就打電話給女兒，「阿紅，我到了。」母女隔著話筒，都笑得很開心。

陳宿做「慈濟」後，愈做愈健康，從前因爲中風整個臉紅腫，頭髮蓬鬆，非常難看，現在都不見了。現在的她不是「美」，是證嚴法師說的「比較莊嚴」。

一段時日後，阿紅又說：「媽，我帶您去大林醫院做志工。」「我不識字，如何做志工？」阿紅告訴她：「媽，您不要常說不識字，您用眼睛去看就會了。」

「我眞有那麼厲害嗎？」她說。

「那麼我帶您去看看吧！」阿紅說。

到了大林醫院的第一星期，她好緊張，心裏很害怕，因爲她怕見到血，會緊張得喘不過氣來。志工知道了，就說：「阿嬤，不要怕，免煩惱，您去門診幫忙好了。」

「哎唷，阿彌陀佛，我不識字，你要我去門診，我會嗎？」陳宿說。

「放心，您去一次就會了。」

有一位病人要陳宿帶他去看骨科，她趕緊請問其他志工，骨科的方向。

帶著病人前往時，回程就順便認識環境，看到家醫科、心臟科、外科……接著再有人要看家醫科時，她就很輕鬆地說：「我知道位置，我帶你去。」就這樣駕輕就熟了。

看到茶水沒有了，不需要別人提醒，她會主動添加，起初只能推半桶，還推得手腳發抖，現在非常「勇」，同時可以推兩桶。

證嚴法師知道後，讚歎她：「好棒喔！以前自己走路都有困難，現在這麼難走的路，還有辦法推兩桶茶水。」又讚美她「愈來愈勇，紅光滿面，梳個慈濟頭，好莊嚴！」

她問法師：「師父，我有沒有比較漂亮？」

法師笑笑說：「有喔，漂亮多了！」

她好高興，感恩女兒阿紅的孝心與關心，她進「慈濟」之後撿到許多寶，讓她身體健康精神好。

磨出美麗人生——許美惠

高挺的鼻樑，一雙烏溜溜的大眼睛，一張甜美的娃娃臉，口若懸河充滿自信，她是羅慧夫顱顏基金會的義工，也是慈濟委員許美惠。年紀輕輕的她，雖然人生歷經波折，卻仍汲汲地追求，創造生活價值，努力走向人群，奉獻社會。

第一次的考驗，是成爲新手爸媽的那天。當護理師把嬰兒抱給她看時，有著深度近視的她，竟清楚看到孩子的嘴唇有很大的洞。她腦海一片空白，強忍著淚水，懷疑自己是不是做錯了什麼事？親友探望時，她編了好多理由，不讓大家看到嬰兒。

住院期間，她每天去特別的房間餵奶，看著女兒費力吮奶，心如刀割。她終日以淚洗面，打定主意要設法彌補這個缺憾。

在親友輾轉介紹下，她找到專門治療唇顎裂的醫師。醫師是個基督徒，認爲上帝把這樣的孩子交付給她，是因爲她很有愛心，她說：「這對我是安慰，也是啓發。」

從孩子動完第一次手術、語言治療到最後的植骨手術，她經常基隆、臺北兩地奔波，陪著孩子歷經無數的折騰。

爲了幫助有相同遭遇的父母，許美惠加入羅慧夫顱顏基金會做義工，除了擔任訪視工作，也參與錄影廣告拍攝，讓更多人認識唇顎裂，同時教育孩子面對現實，勇敢接受外界異樣的眼光，自然地向別人解釋唇上那個疤痕。

如今，女兒長得亭亭玉立，如果不刻意提及，除了唇上有個像摔傷的疤痕外，與常人沒兩樣。

第二次考驗是懷老二時，她戰戰兢兢，每次產前檢查照超音波，都特別問醫師：嬰兒的臉長得如何？所幸，老二五官端正，不過出生兩個月就發高燒，反覆檢查得知是先天性尿道逆流，醫師說如果在五歲前沒有改善就得動手術。

天呀！又是一個棘手的磨練，爲了照顧孩子，她辭去工作，每個月都到醫院驗尿，半年還得插導尿管做檢查。看到孩子受盡折騰，她也備受煎熬。經過一年終於痊癒，她感恩上天的憐憫。

第三次考驗是她自己的身體。二女兒兩歲時，她體檢發現卵巢有畸胎瘤，遵照醫師安排住院開刀。過了三年，又發現右邊乳房有硬塊，經檢查確定是惡性腫瘤，必須馬上開刀切除並做化療，她想：「我受的罪還不夠嗎？老天爲什麼要這樣懲罰我？」

剛開始，她還可以很冷靜地和醫師討論住院開刀治療事宜，但是開刀前一天，她的心情壞到極點，「乳房是女人重要的器官，我才三十三歲，人生還很漫長！」

以前她常安慰大女兒，不要太在意臉上的疤痕，當事情發生在自己的身上時，她說：「其實不在意很難。」她在背地裏痛哭，精神幾乎崩潰，想的都是負面的結果。

所幸周圍親友的思維都是正面的，給她莫大的鼓勵。住院十五天期間，適逢她的父親退休，天下父母對子女無條件的付出，她銘記在心。而她的先生也剛好在換工作的空窗期，可以全心照顧孩子，讓她沒有後顧之憂。

義工夥伴也輪流到醫院陪伴，還有認識的慈濟志工也不時來關懷，她感到非常欣慰，「好在之前我有付出，去和人結好緣。」當下，她發願恢復健康後，要趕快多付出。

手術後接著做半年化療，頭髮掉光了，感受不到陽光，完全失去自由，她只能偷偷地掉淚。面臨一次又一次的考驗，難免會鑽牛角尖，但是她告訴自己：「我很快就會跳出來，面對現實。」她知道心念的調適要靠自己。

做化療空檔，身體比較舒適時，慈濟委員徐美華帶著她一起去訪貧。她看到社會上有許多暗角，環境髒亂，生病沒人照料，甚至沒錢看醫師……

頓時，覺得自己好幸福。

後來，她開始參加慈濟活動，立願要投入一分心力。得知花蓮有對從南非來臺工作的夫婦，尚未出生的孩子確診是唇顎裂，透過基金會的牽引，她適時伸出援手，以英文傾囊相授自己的經驗，讓他們把心安下。如今，她也是慈濟外語隊的一員，曾協助到機場接送國外取骨髓人員。

她用智慧裝扮自己，憑著無比的意志接受挑戰，把傷心當教育，將親身磨練作範本，去幫助需要幫助的人。

人生是好是壞全憑一念心，所有外在的因素不過是對自己的一種試鍊罷了，短暫的人生不宜虛度蹉跎，她要憑著一股不服輸的意志，開創美麗的人生。

（完稿於二〇〇四年五月）

聽某嘴大富貴——吳嘉光

冬天清晨有些寒意，從內湖經過環東快速大道，一路上沒有紅綠燈，彷彿騰雲駕霧，車輛寥寥可數，切入北二高，轉眼間就抵達新店臺北慈濟醫院工地。

在茶軒後面工地，見到正在回收茶桶的志工吳嘉光，他笑容可掬，謙虛地說：「我什麼都不懂，我是來學習的。」

吳嘉光剛從警政署屆齡退休，進入警政署擔任汽車駕駛三十餘年，因爲工作認眞頗得長官的讚賞。公務人員退休每月有退休俸，加上兒女都已長大，他沒有生活上的壓力，和同時退休的幾位同事，幾乎每天邀約一起開車到處遊山玩水。

他的太太謝春蘭，學佛非常虔誠，每天恆持早晚課從不懈怠，更是熱心的慈濟志工。她引用證嚴法師的法語：「分秒不空過，步步踏實做。」期待先生不要浪費生命，把握當下多做一些有意義的事。

謝春蘭看到臺北慈濟醫院浩大的工程如火如荼進行中，需要許多志工的投入。她先說服先生，然後親自帶領他來到慈院工地現場，毛遂自薦要替先生「引頭路」。

在眾人歡迎下，吳嘉光被安排在茶軒協助燒茶水的工作。謝春蘭一一拜託在場的志工多多指導他，希望他能定下心，用心耕福田。

從此，吳嘉光每天清晨五點多就騎著腳踏車來到慈院燒茶水。他說：「為了讓仙草茶更入味，通常一鍋都要熬煮四、五個小時。期間需要不停地添材，維持灶內火候。」

茶軒內有兩個大灶，熊熊烈火讓整個茶軒暖烘烘的，冬天非常暖和，夏季可就得揮汗工作，辛苦可想而知。

生性勤快的吳嘉光，一有空檔，看到哪裏需要幫助就立即補位，搬材、提水、環境清潔等，他說：「我攏嘛撿撿仔做。」等茶水燒好後，分送至工地、齋堂及行政單位。

同在茶軒燒水的賀智一說：「供應全園區的茶水，以不浪費爲原則，我們都是從經驗中控制準備量。」吳嘉光說：「我是新竹寶山鄉下人，從小家境窮苦，必須幫忙農務，能吃苦耐勞，這些工作是難不倒的。」

只是原來同事邀約很難推辭，遊樂將近一年，他說：「我都會在太太下班前回到家，而且我一直做太太的幕後工作，無論是家事或幫忙送善款到臺北分會，我們都配合得很好。」

吳嘉光因爲遊樂習慣了，每天時間一到就坐立不安，他認爲：「我的心裏還沒有做好準備，等再過兩年、春蘭退休後，再同行菩薩道。」

一旁的賀智一聽了馬上借用證嚴法師的法語：「行善行孝都不能等。」他說：「你太太多有智慧呀！聽某嘴大富貴喔！」

只見吳嘉光靦腆地笑說：「會啦！來這裏將近一個月，慈濟人的確和外面的人不一樣，大家隨時面帶笑容，付出無所求，令人敬佩。我願意調整自己，陪太太追隨法師的腳步，做個快樂的慈濟人。

（完稿於二〇〇二年十二月）

不怕千錘百鍊——章美月

大林慈濟醫院同仁人文教育研習營在關渡園區舉行，活動組開始推出「心靈小憩」留言版，上面寫著：「愛在心裏口要開，表情達意說明白，拿張紙箋寫心語，溫言暖語串情誼。」果然學員留言非常踴躍，大部分讚歎香積媽媽把他們餵得非常滿足與感恩。

於是，我特別到廚房探訪香積負責人章美月，她正在叮嚀同伴烹調油放置的位置……當我把訊息傳遞給她時，她高興地說：「能讓大家吃得滿心歡喜，我就滿足，感恩。」

這次總共十二人準備一百八十人用膳餐點。她很有自信地說，通常綠色蔬菜一斤可以煮十人份，每桌五菜一湯，事先需規畫核算，然後親自採買，挑選菜色。一般是兩道重口味的菜，三道較清淡的菜；午餐稍微清淡點，晚餐再加強；加上配料，色香味兼顧，就是完美的佳餚。

正常運作要在一個月前接獲任務，也有臨時在一個星期前通知。他們曾經接辦過上千人用膳，以及各種大小聚會；九二一震災時，也提供熱騰騰的餐點給災民食用；汐止水患時，每天要供應六千個便當，及時送暖。

帶領香積工作，她仍然本著證嚴法師的理念「合心、和氣、互愛、協力」，完成每一次的任務。

她回憶以前先生經營針織工廠時，雖然事業順利，但是恣意遊樂，讓她傷心欲絕，曾一度想不開，有一走了之的念頭。

在好友的引介下，她到臺北市吉林路聆聽證嚴法師的開示，師父的「千錘百鍊」說，打醒了迷惑的她。「廢鐵需經一番提煉烤打才能成器」、「雕塑觀世音需要好木頭」，於是她發願要做個好木頭。

開始投入慈濟時，適逢法師號召要在花蓮蓋醫院，章美月走入人群努力勸募。

後來，先生因病不能再經營針織工廠，爲了生活，她開了一間素食店。起初什麼都不懂，她一面炒菜，一面念誦觀世音菩薩名號，祈求菩薩賜予力量。

她的素食店擁有「慈濟飯店」的美譽，在新北市樹林區家喻戶曉，也因此募到不少慈濟榮董，曾經就有客人將準備買車的年終獎金一百萬，捐給希望工程。

目前，她把「慈濟飯店」交給孩子經營，自己專心投入慈濟，接辦一個又一個香積任務，做得非常歡喜。

三年前，先生換肝成功，迄今平安順利，也投入慈濟。

章美月認爲梅花愈冷愈開花，人生無常，要及時把握因緣，趕快做就對了；縱使跌倒了，也要努力站起來，從感恩中善用生命所有權，努力發揮地淋漓盡致。

（完稿於二〇〇一年六月）

從病苦入門——陳雪玲

一九九〇年，陳雪玲突然得了一場嚴重的感冒，病情延誤了七、八個月，最後確診是類風溼性關節炎。最嚴重時，全身都痛，坐躺不得，嘴巴連吃一片薄薄的麵包都張不開，苦不堪言。在美國看遍中西名醫，但是效果不彰。

一位朋友給了她一本《證嚴法師的慈濟世界》，她看了之後非常感動，質疑怎麼會有這麼好的團體？當下，她向觀世音菩薩許願：「雖然我不知道這個團體在哪裏，但是如果我的關節炎好一點，我一定要找到，並且參加這個團體。」

後來三妹從臺灣到美國探望，她在報紙看到一則廣告，加州有一位醫師來自中國大陸，專門治療類風溼性關節炎，三妹請她不妨一試。

她們千里迢迢抵達加州首都，她坦誠告訴醫師，兩年多來看了許多醫師都沒有用。醫師把脈後，給了她六包草藥說：「如果這六包吃了沒有效，我把錢退還給你。」

陳雪玲說：「那時晚上睡覺時，常因關節疼痛而醒來。吃了第四包草藥後，感覺肩膀好像鬆了許多，我就開始找慈濟在哪裏？」

有次，在律師樓巧遇慈濟志工正在介紹證嚴法師的理念，第二天又給了她〈渡〉等許多錄音帶，還有《靜思語》。一九九四年，她加入成立慈濟舊金山聯絡處發起人之一，慢慢地從個案訪視做起，積極投入志工行列。

有一次，她為無家可歸的婦女發放熱食，結束之後，看見一位婦女隨手拿條毛巾鋪在水泥地上，那就是她睡覺的地方，她回家就對先生說：「我眞的好感恩您！您給我這麼好的家庭，這麼好的生活。」

她的先生是緬甸華僑，旅美多年，不會說中文，她常拿慈濟英文文宣給他看，先生看了之後很認同，也陪她一起投入慈濟。她說：「我們最大的福報是女兒上大學時，剛好慈濟舊金山聯絡處成立，適值先生也從工作崗位退休。」

他們常談到退休之後有慈濟可以做多好呀！日子過得有意義又開心。

舊金山聯絡處成立之初，志業推展非常辛苦，美國幅員遼闊，又有紅十字會、救世軍、United Way 等知名慈善機構。陳雪玲說：「我們要用心一點一滴努力地做，讓人看見『慈濟』。」

「剛開始是有人發心提供辦公室充當會所，水電全免。不過四年內搬了三次家，每次搬家，會員、志工大量流失。因此大家都有共識，希望有個屬於自己的家。」

「慈濟是專款專用，買地建會所就在當地募款集資，其中慈濟委員陳鶴松出力甚多，不僅先拿錢墊付買地款，會址的整修費用，也幫了一大半。」陳雪玲表示，有了固定的聚會所，會員、志工也迅速成長。

「我們和當地其他慈善團體最大的不同就是我們都是志工，發自內心、自願出錢又出力。」陳雪玲與外國人接觸時，會向他們說明：「我們去到哪裏都是自己付交通費，不動用捐款。」

「我們謹遵上人『取之當地，回饋當地』的原則，在舊金山有符合誠正信實、慈悲喜捨理念的，都是我們合作的對象。」陳雪玲說，他們曾經爲了阿富汗難民，和美國之友會合作多次，呼籲捐毛毯、睡袋等，由慈濟志工負責打包裝入貨櫃，再由美國之友會送到阿富汗。

他們做熱食發放或辦夏、冬令救濟等，也常和當地教會合作；針對遊民等不同對象，大都可以找到適當的管道。陳雪玲高興地說：「慈濟和當地主流社會互動良好，而市長除頒發獎狀肯定慈濟對當地的貢獻，還宣布二月十四日爲舊金山慈濟日。」

陳雪玲感恩當地慈濟人本著合心、和氣、互愛、協力，付出無所求，也表示將持之以恆，繼續努力。

（完稿於二〇〇二年五月）

為愛揮桿 一兼二顧——凌源良

凌源良移民達拉斯已經三十多年了，一路跌跌撞撞，終於事業有成。他的愛心不落人後，從隨喜功德護持慈濟到因爲感動而行動，一頭栽進，好友調侃他不務正業，他則充滿自信地說：「我知道我在做什麼。」

在臺灣經營旅遊業時，他自稱是「無業遊民」；陪著旅客遊山玩水，逐漸不能滿足自己的願望，加上希望爲孩子尋找成長的天堂，舉家移民到達拉斯。

剛到美國，人生地不熟，爲了生活，他開始在跳蚤市場做生意，賣時鐘、電風扇、腳踏車、嬰兒推車等家庭用品，慢慢地從摸索中找機會。

達拉斯位於美國南部，是商業大城。凌源良成立家具公司，從臺灣進口家具賣給當地，後來隨著市場趨勢轉向大陸進口。他無論對自己或對員工都有高要求，倉儲擺放位置一絲不苟，他很得意地說：「在當地同業中，我的倉儲是出了名的整潔呢！」

凌源良的好友申康生是慈濟會員，年僅三十九就往生，最後兩個月他陪好友度過，英年早逝，讓他體悟生命無常。當晚有十幾位慈濟人來助念，場面莊嚴肅穆，讓他留下深刻印象。這些人他都不認識，他們自己帶水帶便當，助念一整晚，令他非常感動佩服。

二〇〇〇年，凌源良開始參加慈濟在當地的遊民發放；二〇〇一年初薩爾瓦多發生大地震，他加入國際賑災的行列，看到災民的處境，惻隱之心油然而生，他說那是永生難忘的經歷。

回來後，他了解要從做中去體會，就一頭栽進慈濟志工行列。積極宣導慈濟的精神理念，濟貧教富，推展社區志工，由華人社區進入美國當地社區；參加老人院關懷，每月兩次和救世軍合作關懷流浪漢，發放熱食及物資；幫助Park Point公寓中，來自非洲、科索沃、越南的難民，並調動貨車運送發放物品。

他四十歲開始打高爾夫球，打了十五年，已經有職業水準。身為高爾夫球協會會長的他，為了提高大家的興趣及培養團隊精神，設計很多活動，巧思贊助券，每張美金二十元，若能一桿進洞，點數加倍。就這樣大家一桿一桿地揮，贊助券也一張一張出售，緊張又有趣。

「大愛杯高爾夫球賽」每年都有主題，譬如「為希望工程而揮桿」，次年就向大家報告希望工程的成果，然後繼續為「醫療普遍化」而揮桿……從中接引許多人進慈濟。

凌源良每天一早有看報紙的習慣，二〇〇四年四月五日，他看到墨西哥爆發五十年來的大水災，連續四十八小時下大雨，水庫暴漲，河水加上垃圾沖刷河床，造成兩百多人往生，六百人的房屋被沖走，地點就在距離達拉斯七百公里的邊界。他馬上聯絡德州分會執行長熊士民，同時著手籌畫勘災、準備賑災事宜。

四月七日薩爾瓦多負責人姚樹圖先行進入墨西哥，受到阻礙後輾轉透過薩爾瓦多樞機主教協助，終於在四月十日讓慈濟人組隊進入勘災，好不容易找到一塊土地，與當地市長及議員簽署合約，準備爲災民蓋帳棚，先安頓災民。

現場勘察結果，因爲災民住的都是河床，原本就是違章建築，加上墨國沒有戶籍登記，有多少人受難無法查證，僅能約略做準備，毛毯、床墊各一千五百件，緊鑼密鼓加緊包裝準備隨時發放。

因爲帳棚用地發生問題，發放作業跟著延宕，凌源良有時間要求更好的品質，剛好看到臺灣救援阿富汗的毛毯包裝方正美觀，他徹夜難眠考慮再三，終於婉轉地說明希望重新包裝。

首先他親自示範，使出當年當兵的絕活，把毛毯摺得有稜有角，與原來的包裝擺在一起，取得大家的認同，重新拆開再整理包裝。

爲了賑災，他五度進出墨西哥。粽子義賣時，他剛從墨西哥回來去拜訪一位會員，並送十粒粽子。朋友問他爲什麼晒得那麼黑？他把墨西哥發生大水災的事告知，啓發了朋友的愛心，當場捐了五千美元布施。他豪爽地笑說：「十粒粽子賣五千美元，眞過癮呢！」

二〇〇四年七月份達拉斯南部郊區遭遇大水災，救世軍請求慈濟派十幾個志工協助做三明治，剛好人員調配有困難，但是在凌源良安排下，四百份炒飯及時送抵災區。災民接到熱騰騰的炒飯，聲聲感恩，凌源良自己也非常感恩，幸好平時結了許多善緣。

隔了一星期，他帶著慈濟人參加達拉斯十二個慈善團體爲難民舉辦的園遊會。現場慈濟人表演手語後，有位先生走近他，問他上星期在哪裏？原來這位先生是紅十字會的經理，駐守災區八天剛回來，經理告訴凌源良，上星期災民表示已經吃過佛教團體的炒飯了，不需要三明治。經理信奉喇嘛教，也是佛教徒，早就注意「慈濟」這個團體，很認眞地問：「你們的廟在哪裏？」

「對不起，我們沒有廟，只有一個辦公室在中國城，上星期我們的道場在南部水災災區，那些受災戶就是我們的菩薩；今天我們的道場就在這裏，這些難民就是我們的菩薩，平常菩薩就在我們的心中。」凌源良一口氣說完後，心中充滿喜悅，「被肯定的感覺真好。」

（完稿於二〇〇四年十二月）

投緣——李嘉富與陳嘉琦

寒風颼颼，細雨綿綿，車子駛進臺北三軍總醫院廣場，三總與國防醫學院相鄰，我與國防醫學院護理學系陳嘉琦老師有約，便約在此相見。約訪陳嘉琦的前一天深夜，她的先生李嘉富突然肚子疼痛異常，急診確定是膽結石必須開刀。

李嘉富從醫師變成病人，更能體會病人的需求，他認爲專業的人更要用心。他們發願將證嚴法師的理念融入個人所學精神科學及護理學教育的專業領域，幫助需要幫助的人。

一九六四年出生的李嘉富只大陳嘉琦一歲，他們雖然念同一所小學，彼此並不相識，比鄰而居卻有不一樣的童年。

李嘉富是在嘉義空軍眷村長大的，父親軍職退休後，在工廠從事機械修護工作。母親爲改善家計，曾從事家庭代工，並在眷村外開了一家雜貨店，每每看到窮苦的人，便要李嘉富扛著大袋米去幫助他們，他謙虛地說：「如果我有善根，可以說是源自母親的慈悲心。」

陳嘉琦活潑開朗，從小多才多藝，父親是獸醫，也是老里長，她說：「印象中，父母非常樂善好施，所以人人稱父親是『老里長』，不需競選一再連任。」

父母重視孩子的培育，她是老大，三歲就學民族舞蹈，八歲時表演「王昭君」獲得嘉義市民族舞蹈冠軍。當時用的服裝、道具、琵琶等，都是從臺北請師傅專程南下嘉義訂製的，父母每天都把她打扮得像個小公主。

她也沒有讓父母親失望，無論是舞蹈、作文、演講或歌唱比賽，樣樣都得名，陳嘉琦笑說：「我們兩人小時候的照片是完全不一樣的典型，他看起來成熟有智慧，而我就像溫室裏的花朵。」

高中畢業後，李嘉富選擇投考軍事聯招，順利考進國防醫學院。

在三軍總醫院實習期間，一九九八年母親節那天，平時不喝酒的父親，在工廠餐會上小酌一杯，被誤以爲是醉酒，其實是中風。因延誤就醫，後來雖北上三總，由李嘉富親自就近醫護，病情沒有惡化已是最大的幸運。

十多年來，父親行動不便，在母親細心照顧下沒長褥瘡。李嘉富深刻感受到對病人及家屬而言，心理膚慰需求遠超過生理病痛，這也是證嚴法師重視人文教育融入醫療的重要因素。再進修博士學位時，李嘉富選擇精神內科。

在父母殷切的期盼下，陳嘉琦聯考沒有考好，母親鼓勵她報考軍校聯招，認爲軍校大門都有衛兵保護，比較安全。

同學都認爲，她在軍校會吃不了苦。「的確，軍校生活對我來說非常辛苦。」陳嘉琦說，從寢室整理到掃廁所，一切都得自己動手。外表柔弱的她，其實內心是堅強的，「不行，怎麼可以這樣容易就被打敗，我要堅強地走下去。」

結訓時獲得第一名的陳嘉琦說：「在軍校受到很多磨練，讓我成長。」

在迎新舞會上，透過學姊介紹，她認識了嘉義校友會長李嘉富。軍校規定要畢業才能結婚。一九九〇年，陳嘉琦大學畢業第二年，他們就步上紅毯，育有兩個兒子。在李嘉富進修博士學位時，陳嘉琦和岳父母全力支持，讓他無後顧之憂。

一個是精神科醫師、一個是護理教育專家，夫妻倆在工作上遇到的問題或困難，常是討論的議題。陳嘉琦說：「嘉富非常有智慧，而且穩重，他不但是好先生、好爸爸，更是個好醫師；他常常把手機留給病人，及時協助病人解決問題，因此也拯救了不少生命邊緣的人。」

「在精神科臨床經驗，有許多酗酒、嗑藥的人，整天沈迷在毒癮下，如果能在適當的時機給予適當的引導，也許就能把他的結解開來。」李嘉富說。

陳嘉琦從事護理教育之餘，也利用晚上投入志工活動，在三總籌辦「辣媽酷爸俱樂部」。

一九九四年，承三總婦產部主任同意上課，包括場地、道具、課程安排等一手包辦。她笑著說：「眞是出錢又出力，滿辛苦的。」這個課程要求準爸媽一起參加，讓孕婦能愉快地面對待產、生產過程，並培養準爸爸的默契，幫助媽媽舒適生產。

目前「辣媽酷爸俱樂部」已被醫院認同，在孕婦手冊上貼上標示，列爲準爸媽必修課程。陳嘉琦把課程作爲個人研究專題並發表論文，在美國得到優良論文獎，及生產教育機構拉瑪茲（Lamaze Certified Childbirth Educator）的認證。

一九九六年，陳嘉琦安排學生到三總體外震波碎石室見習，看見慈濟志工曾美玉對待病人輕聲細語，就隨機教導學生如何在專業領域中用心把工作做得更好，志工是最好的示範。

初次見面就很投緣，曾美玉當場邀陳嘉琦參加人醫會義診，陳嘉琦一口答應，並邀李嘉富一起參加。

第一次參加人醫會在臺北縣雁鴨公園街友的義診，看到來自不同階層的龐大醫護志工團隊，很快地各就各位井然有序，李嘉富非常震撼。他的專長是精神科，來看義診的人比較少，因此和陳嘉琦聯合對醫療衛生教育加強宣導，他感覺：「這個工作可以更有組織地繼續做下去。」

夫妻倆一起參加培訓，他們看了許多證嚴法師的著作。李嘉富看到《考驗》這本書裏，法師舉了個實例，有一個病人請求加持，法師告訴他：「有病要看醫師，不是我替你摸摸頭就會好；如果我摸頭就會好，那麼慈濟就不需要蓋那麼多醫院了。」

李嘉富認爲，證嚴法師正確的觀念，是帶動淨化人心的最大原動力。所以，他發願要將法師的理念融入個人所學精神科學專業領域，協助那些深受藥物與酒精殘害的個人及家庭。

陳嘉琦也發揮所長，觀機逗趣的介紹方式，連銀行經理都認眞聽她細說慈濟。她發願要引領更多國防慈青，將愛的種子散播到周遭，勸募更多清淨的人心。

（完稿於二〇〇三年一月）

編按：李嘉富原為三軍總醫院北投分院副院長，二〇一三年轉任臺北慈濟醫院身心醫學科，目前為臺北慈濟醫院社區暨長照服務部副主任；陳嘉琦目前為國際陪產協會亞太主席。

盼不再束手無策——Vincent Widjaja

印尼慈濟人醫會外科醫師文森特（Vincent Widjaja），中等身材，略黑的膚色，看似印尼人，其實早在他的父親時代，即自大陸潮州逃難到新加坡，再輾轉到印尼距離雅加達兩千公里遠的回教區龍目島（Lombok）定居。

文森特生於一九四五年，中文名字叫方達三，就讀當地華人小學，所以華語嘛也通，高中、大學則進印尼的學校。大學醫學院畢業後，依據當地政府條規需要服務三年，他在天主教醫院擔任普通科及外科醫師，並兼任教會學校的校長。

文森特剛從學校畢業，第一次執行外科手術爲病人開盲腸炎，荷蘭籍的指導教授很放心地丟下任務就走人，而學校學的理論與實際操作確實有些距離，簡單的盲腸炎手術花了一小時才完成。

慢慢地開過無數的刀，經驗累積後，現在盲腸炎手術大約五分鐘就可以解決。他非常敬佩證嚴法師的睿智，倡導大體老師制度，讓醫學院的學生有實際臨床經驗。

他深覺外科手術缺乏專科醫師的配合，一個手術從頭到尾一個人包辦，對病人而言比較冒險。於是於一九七四年遠赴德國深造，專攻外科。因爲在印尼已經有豐富的外科手術經驗，學業提前在兩年半完成，他又修美容、痲醉科專業以利日後行醫。

一九七九年學成回國，在印尼大學實習六個月後，再考印尼醫師執照。一九八〇年，他轉到瓜哇西部一個回教徒較多的政府醫院，那裏是全省大部分外科病患集中的大醫院，他又兼教會及私人診所的醫療工作，非常忙碌，經常工作到深夜十二點還欲罷不能。

他是當地唯一的外科醫師，但奇怪的是，印尼人雖然排華，卻比較信任華人醫師，縱使他的醫術被肯定，在印尼排華的風暴中亦不能倖免，雖然不曾遭遇破壞，卻生活在恐怖中不得安寧。

一九八七年舉家遷居首都雅加達開業迄今，一向樂善好施的文森特，平常就常應邀參加政府、教會及慈善團體的義診活動。三年前，外科醫師蘇馬蘇迪（Sumarsudi）邀約他參加慈濟人醫會義診，才知道慈濟是個龐大的佛教慈善團體。

義診時，看到慈濟人醫會志工非常勤奮，盡心盡力地做到最完善；醫師都很用心，付出無所求，他非常感動，因此就喜歡上這個團體。從此只要慈濟義診活動，他一定排除萬難，全力以赴。看到病人，尤其是貧窮的鄉下人，因爲義診而得救，病人高興，做醫師的更高興。

平常醫師爲病人看診，病人花錢還得表示感謝，在慈濟正好相反，醫師爲病人看病，包含護理人員還有志工都輕聲細語向病人說「感恩」。起初他不明白，心存疑惑，慢慢地才了解，原來要感恩病人給予服務的機會。

這是證嚴法師領導的爲人人所讚歎的「慈濟文化」。

印尼鄉下窮苦人家很多，早婚是他們的習俗。有一次，一個年僅二十出頭的婦女，獨自扶養四個兒女，來就醫時發現罹患乳癌，已經是第三期，整個乳房黏貼而且已經蔓延。她哭得很傷心，因爲沒錢就醫，只靠偏方，好不容易有義診，求助醫師無論如何要幫助她。

她的情況縱使開刀也不一定會好，做醫師的束手無策，心疼無奈「爲什麼明明看到，卻不能救她。」類似的情況不勝枚舉。

印尼也是新聞自由的國家，電視媒體成天醫藥廣告偏方充斥，因而常會誤導許多可憐人。

自從慈濟在印尼整治紅溪河，興建大愛村、慈濟中小學，成立人醫會義診中心後，印尼人排華的情況比較好轉，逐漸對華人友善，進而喜歡和華人交往。但是印尼的家庭、學校教育基本上都灌輸排華的思想。

中華文化與印尼文化有其差異，所以慈濟在當地蓋大愛村，興建慈濟中小學，對華人確實有很大的幫助，誠如證嚴法師說：「孩子的希望在教育」。文森特的夫人雖然篤信回教，但他們對孩子的教育是一致的，他們育有一對可愛的兒女，目前分別是小學三年級及六年級。

他期待慈濟在印尼教育文化迅速普及，發展到中等以上學校，希望他們的孩子也能進入慈濟的學校，接受慈濟的教育文化。

（完稿於二〇〇四年九月）

輯三

六根清淨方為道

為自己加持——簡慈露口述

十多年前，我突然感到心疲力竭，原來是生病了，醫師判斷是腦部長了一顆生長激素腫瘤，我決定從馬來西亞回到臺灣花蓮慈濟醫院開刀治療。

準備動刀前，先生請求證嚴上人加持，祝我開刀順利，上人說：「不用啊，她自己做的就是給自己加持。」上人用信心祝福我：「開完就沒事。」

帶著上人的祝福上手術臺，沒想到開完刀還得接受電療，因此心煩意亂，六神無主。在精舍修養期間，上人看出我的不安，又說：「你不相信我的話嗎？」「你太聰明了，胡思亂想，自己嚇自己。」「佛法不是往外求，是發自內心的虔誠。」「懂得自信，你不但可以救自己，還可以救他人。」

正好澳洲的修女來訪，要離開時，我跟在上人身後送行，上人回頭告訴我：「慈露，你要多用心！」當時我全身起雞皮疙瘩，我一直很認眞做慈濟，沒有不用心啊！過後我思索體會，原來我認眞忙著做慈濟，但是我沒有用心抱持感恩心去做善事，所以我的心累了，那是業力；當業力過後，我要以非常感恩的心去付出，感受上人帶領我們了解的因緣果報，這一念心不是只有付出，還要感恩。

當時在上人隨機陶冶下，再驗生長激素指數，不藥就下降一半以上。上人相信「一善可以破千災」，做到心誠則靈的時候，所做的一切都會是好因緣。隨師抵達高雄時，我覺得心情愉悅精神爽，就向上人告假準備回馬來西亞，上人看看我之後說：「回去要趕快做！」不是因爲我身體有病，而是叫我「回去要多休息」，上人說每句話是多麼的「用心」。

我知道慈濟志業是福田，也是道場，以歡喜心來修福報，不知不覺改變我的性情習氣，我體會到不只修福還要修慧，要認眞還要用心地做才近圓滿。

（完稿於二〇〇五年五月）

單純的力量——劉濟雨口述

自從一九九二年在太太簡慈露的牽引下認識慈濟，一個清明境地就在我的生命中展開。因爲慈濟，我的生命開啓了寬度，發現服務人群的大愛遠比自己個人的小愛更具意義，便就地取材，拿工廠當道場推動慈善志業。

我目前承擔慈濟馬六甲分會、新加坡分會執行長，因爲會務需要，常需請示證嚴上人，上人總是觀機逗教，隨機開示。

剛開始投入慈濟，我秉持著一股熱忱拓展會務，短短兩年，會務就蓬勃發展，眼見工廠空間已不敷運用，就請示上人，是否能利用工廠旁的一塊空地蓋靜思堂？

我把地點位置圖呈給上人，上人首肯後才著手畫興建草圖。畫了幾次草圖呈給上人，上人很細心提供意見，再三修改終於可以定案了，上人突然問我：「劉居士，你知道我爲什麼准你蓋會所嗎？」

「爲了拓展會務實際需求，要有遠見，擴大空間。」我直接了當地回答。

上人說：「不是，我是看你很單純。」

當時我愣住了，心想，單不單純和蓋會所有什麼關係？經一再的思索，恍然大悟，我進慈濟才兩年，就抱著滿腔的熱血要蓋會所，上人常說：「發心容易，恆心難。」萬一我的恆心不夠堅定要退轉，怎麼辦？

人心是可以千變萬化，在做慈濟的過程當中，當環境或人事複雜時，最好的對治就是「單純」，因爲境會隨心轉。個人以甘願的心追隨上人，歡喜心承擔使命，這是力量的泉源。

一九九六年，座落在馬來西亞馬六甲一千多坪的靜思堂完工啓用。當決定捐廠房、廠址供慈濟運用時，父母、太太、女兒都表贊同，這是我前世修來的福報，也是過去結下的好緣。

（完稿於二〇〇五年五月）

到哪裏都可以——葉淑美口述

一九九〇年二月，我因爲工作關係由臺灣調到馬來西亞檳城，離鄉背井來到陌生的環境，心裏不安，難以適應，而且慈濟志業做得好好的，我不想放棄，帶著心中的無奈，專程回花蓮請示上人。

上人勉勵我：「要學會去適當環境，在哪裏都可以做慈濟。馬來西亞現在只有你一個委員，要努力將佛教精神和慈濟人文發揚光大。」聽了上人的話，我的心頓時穩定不少。

往後的日子，我每隔三個月回臺北一次，搜集很多慈濟文宣資料帶回檳城，再利用公餘去散發，就這樣秉持「佛心師志」，推動慈濟志業成了我生活的一部分。

剛開始從工作單位及周圍好友著手，稍有成果再結合當地其他佛教人士共同耕耘，逐漸啓發當地更多善心人士，形成一股愛的力量後，開始培養訪視志工，跟隨慈濟本會的腳步推動「慈善」志業。

在關懷個案時，發現當地每年新增的洗腎病患有兩千多人，除了洗腎費用難以負擔外，洗腎機構也嚴重不足，只有約百分之二十的腎友可以得到洗腎治療。

檳城近郊居林地區有位陳女士，年僅三十出頭，就面臨洗腎命運。她的先生被雷擊斃後，留下四個孩子嗷嗷待哺，雖然有人爲她募到六千馬幣供孩子教育費，但陳女士認爲孩子的教育最重要，這筆費用不能任意挪用。

爲了家庭生活，她四處打臨工賺錢，生病之後，粗活做不動。我們去探望她時，她正在糊喪葬用的「冥厝」，賺取有限的收入當生活費。

我們要幫助她，她基於宗教不同不太願意接受，經過鍥而不捨的關懷，終於敞開胸懷接受我們的愛。

因爲這個個案，加上當地的實際需求，我們稟報上人，希望成立洗腎中心。蒙上人恩准，一九九六年檳城洗腎中心成立，陳女士是第一位接受免費洗腎的病人。

她每次來洗腎時，會把孩子一起帶來，一邊洗腎一邊督導孩子做功課，一直到現在。她原本不太言語，慈濟人不但爲她揮去病魔的陰影，還牽她的手走入人群，她已經成爲慈濟志工，也學會手語，偶爾在節慶或活動場合還上臺表演呢！

（完稿於二〇〇五年五月）

為女兒發願——何濟淵口述

我是慈濟馬來西亞吉蘭丹支會負責人何濟淵，原本沒有宗教信仰，每天忙忙碌碌，爲名爲利，虛度人生。

多年前，唯一的女兒生了一場大病，需要骨髓移植，知道臺灣慈濟有骨髓資料庫，可惜因緣未成熟，沒有配對成功。

女兒治療期間，我發願她若好起來，願意付出心力做善事。在醫師全力搶救下，女兒用自己的骨髓移植成功。

那段日子，我在醫院體會生老病死乃人生必經之路，我不知道生命有多長，但是短短的人生要充分運用。當時爲了女兒的病找遍有關文獻，在書店偶然看到證嚴法師著作《千手佛心》，更加深對慈濟的認識。

後來，我從報上看到慈濟馬來西亞分會到吉蘭丹舉辦一場講座，我主動參加，從此化感動爲行動，開始事業、志業兩頭忙，做得很踏實、很快樂。

在吉蘭丹做慈濟，從零開始邊學邊做，首先以當地的老人院當大福田，每兩個星期固定去關懷，做的當中才知道，原來社會上還有黑暗的角落，許多苦難人需要幫助。

慈濟人關懷一個三輪車夫個案，令人鼻酸。這位五十多歲的車夫，因爲鼻頭長了腫瘤，長相怪異，沒有人敢坐他的車。拉車收入已經非常低微，他又做不到生意，家庭經濟相當窘迫。

他的太太是智障，只能在家養雞養鴨，夫妻育有六個兒女，他非常重視孩子的教育，省吃儉用也要讓孩子上學。

因爲孩子沒錢坐校車，每天早上天還沒亮，他就必須踩著三輪車，跑十幾公里的路程送女兒上學，之後才去替人送貨，中午再頂著大太陽把女兒接回家，以有限的收入要養這麼多的人，生活困境可想而知。

慈濟人前往探望，發現家裏沒有米，甚至沒有隔夜糧；沒插電的冰箱裏，只有一碗蜜蜂的蛹，這是全家人的糧食，看到孩子嗷嗷待哺的眼神，令人不捨。

因爲太太養雞養鴨，不懂得清潔，家裏衣物四散，環境髒亂不堪。慈濟人幫忙打掃環境，協助孩子坐校車，讓他有更多時間做工賺錢，持續補助生活費、教育費四年，女兒初中畢業了，可以做工幫忙家計，一家生活正常後，才改爲居家關懷。

證嚴上人擁抱蒼生的胸襟，令人感佩，我要依教奉行，把愛散播出去。

（完稿於二〇〇五年五月）

家庭主婦的挑戰——林雅美口述

第一次到大陸賑災，看到他們災後整個家空空如也，寒冷的冬天沒有衣服穿，薄薄舊舊的穿了六、七件都不保暖，我決定回來後要發動更多街頭勸募響應。

第一次去勸募前，我特地拜佛拜了一〇八拜，祈求菩薩加持。其實臺灣人很有愛心，大部分都會響應。我們募款的定點，包括所有臺北市的市場、百貨公司、電影院門口，從早上八點到晚上九點，大家輪班上陣。

有一位企業家志工，把募款看板拿得高高的，怕被熟人撞見，後來慢慢有更多企業家，也紛紛投入勸募的行列。上人說，走入街頭先修身，滅我執破我相，發揮「無緣大慈，同體大悲」的精神。

我負責的定點是在松江路行天宮，記得最後一天晚上九點，準備收拾回家時，一位小朋友跑來說：「阿姨，我要捐大陸賑災，等我一下，我回去拿錢。」

起先我們以爲小孩隨便說說，一面慢慢收拾，十分鐘過後，小朋友果然越過馬路，來投下二十元。當下我就抱抱他，祝福他是個有福的人，懂得把愛送到大陸種福田。

街頭勸募啓發人們的愛心，雖然整天站著非常辛苦，不過體會收穫也很多。

街頭勸募告一段落，因爲賑災需要非常多的錢，我們再發動「十元不嫌少、千元不嫌多」的「愛心擋嚴冬」義賣活動，地點就設在臺大運動場。那一次大概湧進十幾萬人，空前熱鬧，把運動場都占滿了。

我是個家庭主婦，進慈濟之前只是在家帶小孩、做家事而已。爲了大陸賑災，我負責募款活動策畫，面臨的壓力很大。像辦義賣，一開始也不知會有多少人參加，要賣多少物品，後來請示上人，用預賣點券方式，一方面控制人數，同時收到愛心宣導的效果。上人慈悲地說，賣點券不要給人有壓力。

當年臺北的慈濟委員分成十三組，每組預計一千張，所以我印了三萬張點券。我將點券分到各組，暫不收錢，賣出之後再付款，多退少補。十天之後，回報點券不夠再印兩萬張，合計五萬張點券。我又假設每張點券來兩人，預計會有十萬人到場。而每張點券兩百元，要張羅一千萬元的東西來賣，眞是傷腦筋。

大部分的志工都是家庭主婦，承擔大量的義賣品，家用廚具鍋子都太小，不方便炒東西，大家就去自助餐店租借，費用都自行吸收，義賣收入全數捐給慈濟大陸賑災。

義賣當天，全省各地慈濟活動組負責人都來觀摩，有人跟我說：「雅美啊，你會漏氣喔！排場這麼大，哪來那麼多人？」我很有自信說：「現在才七點多，十、十一點你再看看。」

果然十點多，人潮陸續湧進，現場大爆滿，聽說很多人因爲沒有地方停車，只好折返。

第一次辦這麼大型的義賣，我很耽心會下雨，如果下雨去哪裏買這麼多雨衣？我又求菩薩保佑，發願三天都拜一〇八拜。最後一天義賣結束後，天空才慢慢飄雨，晚上愈下愈大，眞的是「有拜有保佑」。

當天工作人員忙到深夜兩點才回家，天氣非常寒冷，愛心擋嚴冬，自己先凍才知道別人凍呀！

這場大型義賣活動奠定了慈濟往後義賣的模式，是歷史的經驗，也是永遠的記憶。

（完稿於二〇〇四年三月）

扮演小螺絲釘——李裕祥口述

我是個鼻咽癌患者，高二下學期染上抽菸惡習，大學讀南部醫學院，遠離父母，更是變本加厲。

退伍第二天進入臺北婦幼醫院，本著服務熱忱努力工作，不到十個月接生超過五百人，幾乎占全院新生嬰兒的一半。當時家屬爲了表示謝意，流行贈送菸酒，因此我的菸酒來源不絕，更助長了犯錯的機會。

一九八一年，奉政府指派，偕同太太赴沙烏地阿拉伯從事醫療護理支援。當地各式各樣菸酒充沛，在一年半中，眞是享盡了口福；回到臺灣後，仍然不減個人嗜好，經常與菸酒爲伍。

一九九〇年，偶然間發現頸部有個小硬塊，經輾轉驗證是鼻咽癌引發的症狀，馬上在臺大接受開刀治療。頓時從醫師變成病人，親身體會病人的痛苦。

接受化療後，完全沒有食欲，但又必須維持體力，夫妻倆曾對著一碗稀飯落淚，無論如何一口都沒辦法下嚥。太太爲了我，稀飯冷了又再加熱，就這樣一碗飯要餵食一、兩個小時。

後來經友人介紹，酪梨加牛奶加少許冰塊打成汁，喝起來冰冰涼涼的，容易下嚥又可以維持體力。酪梨產期過了之後，改以榴槤替代，這兩種水果有豐富的蛋白質，是它們救了我的命。

我承認自我殘害也是罹患癌症的主要因素，而我已承擔業果。所以經常提醒孩子勿重蹈覆轍，也鼓勵孩子從日常生活中修行，好好把握當下種善因。

一九九七年，在慈濟人醫會牙科醫師蕭於仁引薦下，我首次參加澎湖義診，之後陸續參加新竹縣尖石鄉、桃園縣復興鄉、臺北縣坪林及小金門等義診活動。

義診時有感於偏遠地區的婦女，衛教常識特別缺乏，主動就診檢查意願不高，開始時非常挫折，但不氣餒，發願要將衛教融入日常工作中，加強宣導。

服務病患是我的本分，付出無所求是我的心願。參加人醫會之後，非常認同上人的理念，默默「做」就對了。

從事婦產科醫師四十多年來，深知生產是一個女性最掙扎、最痛苦的時刻，如果稍遇不順必須經由手術完成，更是雪上加霜。我幾乎都是全程陪伴產婦，經手接生無數嬰兒，甚至有兩代都是由我接生的。

有五姊妹共生了十個兒女，其中有九個是我接生的，她們把孩子排成一排照相寄給我，感覺非常溫馨。

一直以來，我非常感恩我的恩師——臺大教授李卓然，雖然他已經作古，但亦師亦父的教誨，永銘在心。我雖然不是什麼大人物，但我願意竭盡所能全力以赴，誠如證嚴上人說的，做一部機器的小螺絲釘。

我願終身投入慈濟醫療志業，把生命的價值發揮得淋漓盡致。

（完稿於二〇〇二年八月）

一小塊玻璃片——盧尾丁口述

我是外科醫師，家父是當地華僑，家族經營船運、木材及重機械等事業。兄弟姊妹六人，我排行老么，是唯一學醫的人。因爲工作及環境因素，我會多種語言，閩南語嘛也通！

家族企業妥善經營，父親曾自豪地說：「盧家三代用不完。」鼓勵我們：「要多行善，幫助需要幫助的人。」

一九七三年大學畢業後，開始從事外科醫療工作，在馬尼拉崇仁醫院服務時，凡是窮苦病人就醫完全免費，我也常常發動醫院投入義診。慈濟人醫會成立時，我們整體投入義診團隊。

我同時擔任美國夏威夷義診團隊駐菲律賓負責人，因此，許多醫療儀器取得比較方便。每次義診都自備儀器設備，只借用當地手術房，義診完畢就把設備留在當地使用。

菲律賓偏遠地區窮人多，每次義診就診人數眾多。外科手術因限於醫療條件，大部分是割皮膚肌瘤、面瘤、兔唇、子宮頸瘤、疝氣及甲狀腺開刀等。

鄉下居民沒有錢看病，常常在義診時，需要切除很大的肌瘤，當外科手術割除大的肌瘤時，患者如釋重擔，那種輕鬆的樣子，他感恩，我欣慰。

有一次，義診結束了，所有儀器設備收拾打包就緒。一位老婦人一拐一拐地走進來求診，她說：「因爲腳痛，又沒有錢坐車，走了三小時才抵達現場。」

初步診斷必須開刀，於是再打開裝備，重新消毒，替老婦人開刀。從她的腳底取出一小塊玻璃片，老婦人含淚說：「它跟隨我整整十年了。」

我只是多花幾分鐘，就解決老婦人十年來的痛苦。幫助別人讓我心生歡喜，也是我發自內心的意願。

（完稿於二〇〇一年九月）

尋找失蹤病人——Cua Wilson 口述

我是小兒科醫師，一九六一年出生，父母是菲律賓華僑，都是臺大畢業的校友，我曾多次回臺灣，好像回家的感覺。因爲認同慈濟拔苦予樂的理念，所以加入人醫會。

菲律賓貧富非常懸殊，每次下鄉義診，就診人潮都非常多，六點鐘開始掛號，四點就大排長龍。

三天的義診，超過五千人次，常常是欲罷不能，看到用藥發完爲止。雖然每次都增加備藥，還是會因爲備藥用完，不得不結束義診。

因爲下鄉義診時間有限，許多人把握難得的寶貴機會，即使孩子沒有生病，也來求診拿藥。他們說：「義診只能久久來一次，期間孩子生病了沒藥可以吃。」原來，拿藥是爲了不時之需。

基於醫療原則是不能隨便給藥的，勉強因應居民的請求時，都會再三叮嚀如何正確使用藥物，避免發生錯誤。

有一次，在義診借用的學校，有位工人的孩子肚子痛得很厲害，經檢查是盲腸炎，必須馬上開刀，否則會有危險。

當我正做開刀前準備時，一轉眼，卻找不到這個孩子。人命關天，志工李偉嵩開車，載我到附近轉了兩個多小時，終於在一家小診所找到正在就診的孩子。我立刻接手完成手術，救了孩子一條命。

原來孩子的父親聽到要開刀，以爲一定要花很多錢，只好一聲不響，抱著孩子一走了之。

孩子的父親爲了感恩慈濟爲他們所做的一切，從此以後再到學校義診時，總是主動幫忙清理現場，變成一名非常用心的慈濟志工。

（完稿於二〇〇二年九月）

面對滿口蛀牙——Tan Mary Jean 口述

菲律賓大學牙醫系畢業後，我曾到過臺灣臺北、臺中、彰化等地從事牙醫工作，帶著經驗回到菲律賓，目前已有自己的診所。

弟媳是臺灣人，在菲律賓經常參加慈濟的活動，也引薦我參加慈濟人醫會。雖然我是天主教徒，但是我知道聖母瑪麗亞的愛與佛陀的慈悲，都是在啓發人們善良的心。

第一次參加人醫會義診，現場非常忙碌，根本沒空環視周圍，不過卻看到許多當地富有人家的少奶奶，掃地、整理會場，做得非常認眞，原來她們都是慈濟志工。

第二次義診是去馬尼拉近郊，開車三小時抵達現場時，居民已大排長龍。鄉下地方居民非常貧窮，沒有錢看醫師，加上不懂得口腔衛生，幾乎個個滿口蛀牙。因爲義診機會難逢，患者希望一次能通通拔掉，但是限於醫療規定，不能盡如所願，讓他們非常失望。

有一個年約三十多歲的婦人來求診，她的樣子很虛弱，也是滿口蛀牙，決定先替她拔三顆。在拔第二顆時，婦人就昏倒了，原來她沒有吃飯，餓加上害怕而暈厥。

把她救醒之後，婦人還搖晃站不穩，卻趕緊到外面抱回暫時請人照顧的嬰兒，餵食母奶，母愛的偉大表露無疑。

那一次義診我才知道，來自馬來西亞、新加坡、日本、澳洲等慈濟人醫會義診團隊，都是自掏腰包遠渡重洋來支援。

慈濟人醫會義診有別於一般義診，從醫療到關懷，過程充滿人性的愛，我因此發心要多參與活動。

（完稿於二〇〇二年九月）

永遠的朋友——Chang Virginia 口述

我是婦產科醫師，本身信奉天主教。基於聖母瑪麗亞的「愛」和慈濟證嚴法師「慈悲喜捨」不謀而合，我開始參加慈濟在菲律賓的下鄉義診，看到慈濟志工對病人無微不至的關懷，令人非常感動。

在菲律賓鄉下，居民生活條件都很辛苦，加上缺乏衛生教育常識，許多婦女有病卻不知如何是好。

好不容易有義診，他們像是遇到救星，就醫人潮不斷蜂擁而來，所以每次義診都很忙碌，但是大家卻都做得非常歡喜。

義診當中，發現許多婦人因爲常年勞累加上營養不良，普遍都有子宮脫落的現象，限於現場設備及子宮開刀後，起碼要休息三天才能復原，以至無法當場處理，許多婦女痛哭流涕，看了很心酸。

我有家族性的高血壓及糖尿病，父親因高血壓英年早逝，所以母親希望我多注意身體保健，不要太勞累。有次在義診時，我突然昏倒，嚇壞了在場的醫療團隊，最後證實我有輕微中風現象。突然間從醫師變成病人，切身經驗更懂病患痛苦。

先生是菲律賓華僑，經年在船上工作，患病之初，爲避免母親及先生擔心，都隱瞞不讓他們知道。期間，慈濟人噓寒問暖，甚至爲我按摩復健，讓我在一個月內很快恢復。

雖然整個左邊還使不上力，提東西、彈鋼琴、拉小提琴還不能運用自如，但是我有信心，很快便能恢復正常。

在慈濟人醫會裏，我不只是醫師，也曾經是病人。我相信種善因可以得善果，承蒙證嚴法師特別召見爲我祈福，我發願：「願做慈濟永遠的好朋友，一起服務衆生。」

（完稿於二〇〇二年九月）

把握當下——陳盈秀口述

我從小在父母的呵護下過著安逸的生活，嬌生慣養，生性豪爽好勝，常常得理不饒人。

三十二歲結婚，先生篤信佛教，雖然不是證嚴法師的信徒，卻非常贊同法師的理念。他也是我的善知識，不但能包容我，還經常啓發我的智慧，家庭生活堪稱幸福美滿。

先生服務於宜蘭地方法院時，常常利用假期帶一家人去精舍參訪。一九八七年元旦，第一次向師父拜年時，師父送給我一串佛珠。當時，我不懂得向師父頂禮，只有欣然的接受。

和師父共進午齋後，想到小時候隨媽媽到寺廟拜拜都要「添油香」，就自作主張以先生的名義捐了五千元，讓他覺得非常尷尬，頻頻向師父表示「查某人不懂事」。

師父牽著我的手輕輕地說：「不會啊，我看她很有智慧，常帶她回來。」一邊招呼我，「多給孩子夾菜，要讓孩子吃飽喔！」仿如慈母的叮嚀，深深感動了我。回程車上，我告訴先生，我要追隨這位師父。

其實先生早就護持慈濟，家裏早有《慈濟月刊》，此後我才認眞看月刊，得知資深志工許楊蘭香就住在附近，於是積極和她聯絡，就這樣一腳踏入慈濟門。

慈濟個案都需要再三與案主訪談、評估，曾參與一位癌友的膚慰陪伴，讓我印象深刻。

三十四歲的周先生住進新光醫院時，已經是肺癌末期，醫師宣告最多僅能活半年。他有兩個孩子，分別是小六及小四，正是需要陪伴的階段，一家之主罹患重症，家計陷入困境。我們頻繁探望他，給他及家人必要的幫助。

連續三個月，終於取得他的信任，在他往生前一星期，開口說出隱藏心中的話，他非常擔心妻兒往後的生活問題。我們勸他把心事告訴太太，也勸周太太要勇敢面對現實，我們會陪她走艱辛的路。

短短四個月，周先生走了，周太太無法接受這個事實，幾度萌生輕生念頭，有時三更半夜一個電話，「我不想活了」。

經過一年多的陪伴，周太太慢慢走出悲傷，不僅能自力更生，也願意去幫助需要幫助的人。

這個個案印證了證嚴法師的開示，「人生無常，我們不知道是無常先到，還是明天先到，要把握當下，趕快做就對了。」

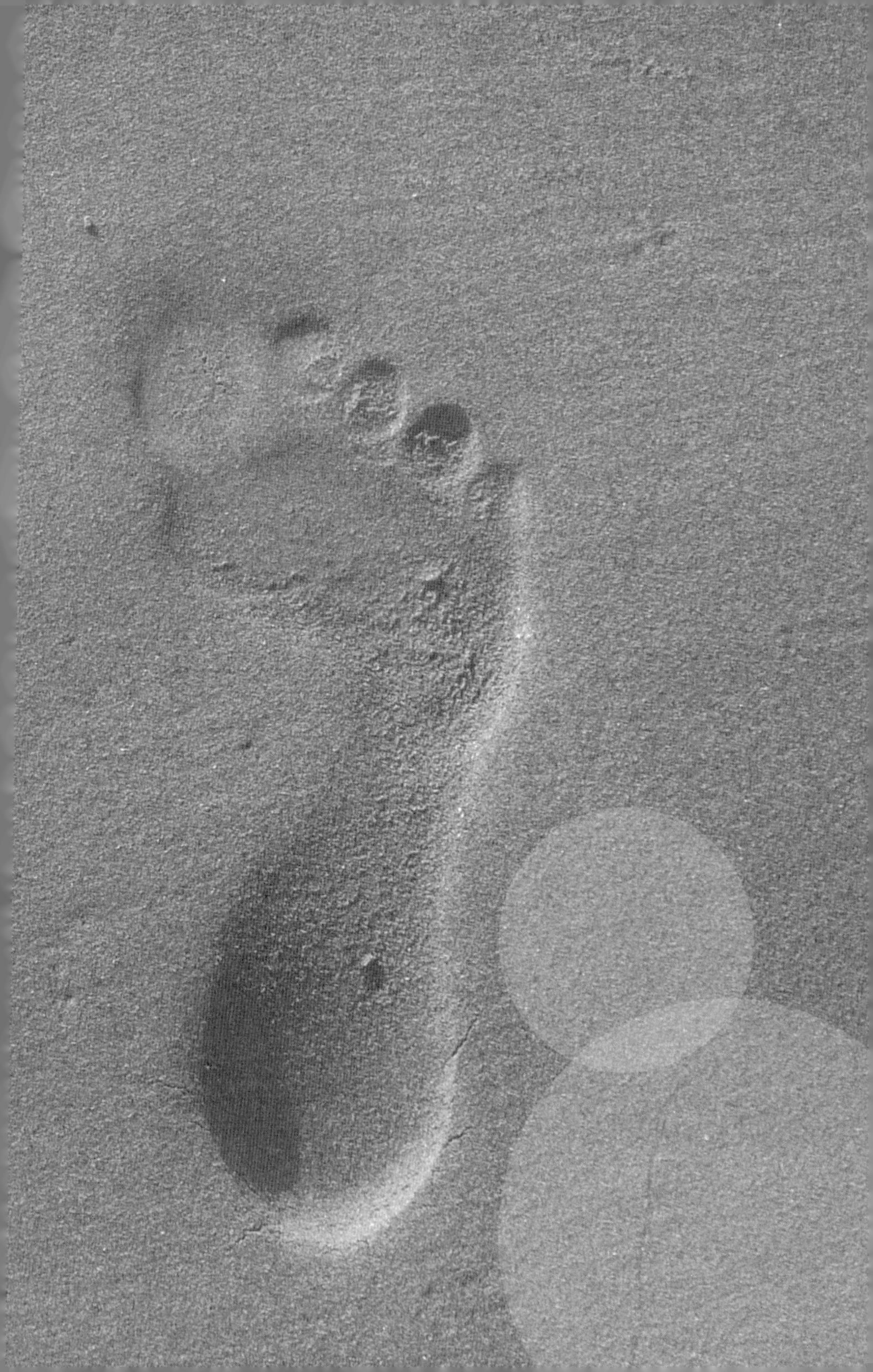

輯四

退步原來是向前

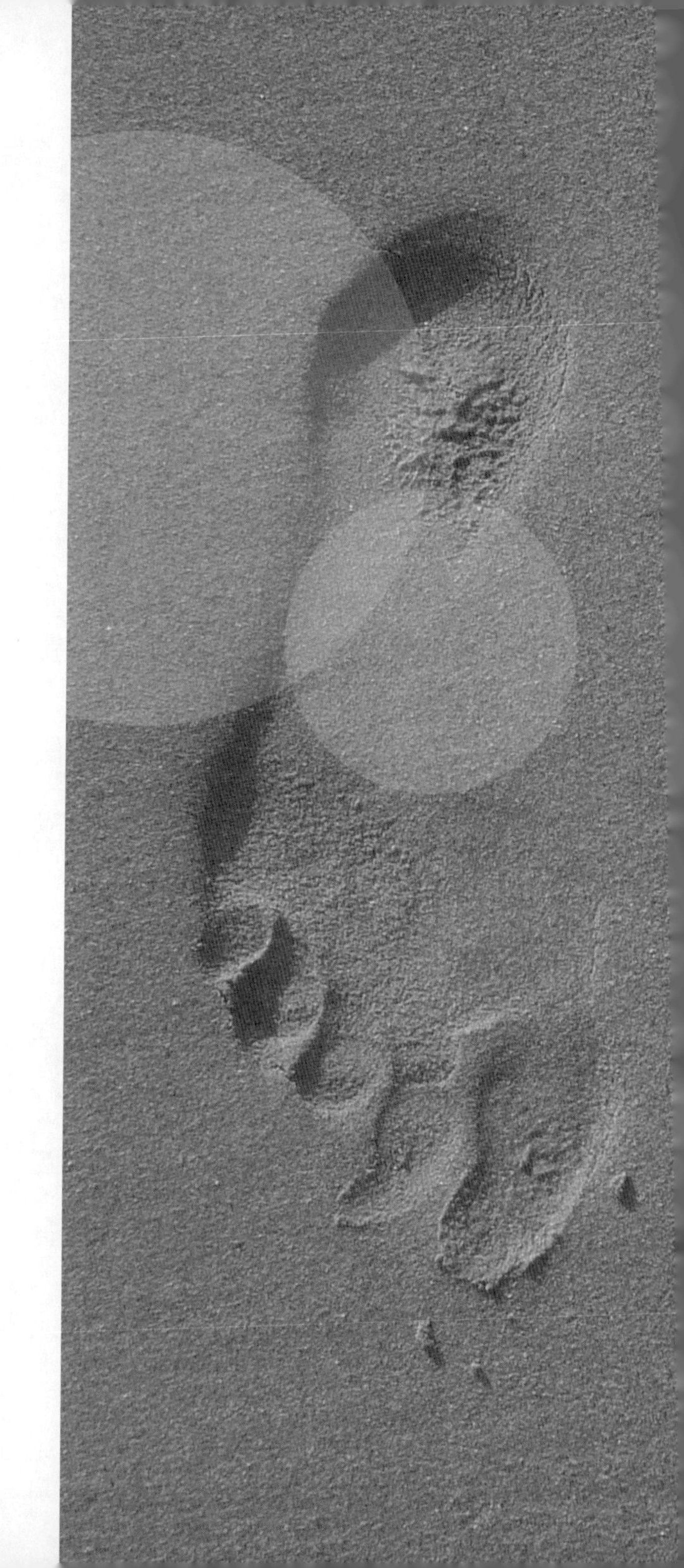

用生命寫故事

我出生於日治時代，父親務農，兼做牛隻買賣仲介。我排行老四，有六個姊妹、一個弟弟，老大及老三從小就送人當童養媳。當時社會相當重男輕女，父親遲遲不願替我報戶口，只知道我是一九三八年出生，確切日期連母親都記不清楚，而且隨便取個俗氣名字。因爲子女衆多，家庭經濟常是入不敷出，生活非常困苦。

從小隨著父母日出而作、日落而息，割稻、晒穀、種地瓜、種菜之外，放牛、割草儲牛糧都是我每天的工作。

童年適值臺日八年抗戰，逃警報的印象十分深刻。起初，警報響起時，大人抱著棉被，拉著小孩往屋外跑，在房子附近坎穴地方，以棉被掩蓋躲起來；母親以大米籮挑著全家人的衣服一起跑，五顏六色的棉被常被敵機照見，以低空掃射，僥倖躲過算是命大。

警報解除，只見不遠處著火，濃煙沖天，原來是油庫被炸毀。我們周而復始，逃逃躲躲，後來母親想到在竹林裏挖個防空壕，上面覆蓋甘蔗葉或稻草，從此只要警報響起，一家人就躲進防空壕，安全許多。

上小學時，學校離家有一段路，遇到警報時，學校立刻放學，讓同學各自回家。每每姊姊拉著我跑，小小年紀愈怕愈跑不動，難爲姊姊又拖又生氣地叫罵，但又不能放棄不管我。

有一次，我實在跑不動了，眼見空中像飛鳥群般的敵機已經臨頭，只好就近躲進堂姊的防空壕，大概被敵機看見，大家趕緊趴下，只聽到飛機在防空壕上面掃射，好驚險又逃過一劫。過後爬出防空壕，只見遍布彈殼，命是撿回來了，驚魂攝魄，迄今不能忘懷。

因爲家境困難，都是光著腳上學，冬天很冷，有時腳跟凍裂，放學後仍要下田幫忙踩稻草頭，就是稻子割下後留下頭的部分，在水田裏必須以人工一欉欉往下踩，再讓水牛拉著滾輪壓平後，以便下一季繼續插秧播種。

最輕鬆的工作，就是牽牛到基隆河邊放牛吃草，當時基隆河邊除了有大片的草坪外還有竹林。通常我都會把牛放長線栓在一個固定點，任牠繞著圈圈吃草，自己則坐在竹林下看書，要不然就是用沙作料，仿效母親包粽子，因此練得一手包粽子的好手藝。婚後迎合婆婆的需求，逢年過節派上用場，頗得婆婆的讚賞。

小學畢業後，好不容易在老師的協助下進入初中，要升初二時，因爲沒錢註冊，父親說女孩子不用上學，就這樣輟學了，回家放牛。

感謝當時教務處莊紉禹老師的襄助，看到我成績不錯卻沒有註冊，便主動替我保留學籍，派人到家裏一探究竟，並極力說服父親，終於有機會繼續學業；但是開學已多時，只好辦休學一年。因此，我花了四年才以優異的成績畢業。

眼看再升學無望，我以原耕農子弟身分進入臺肥六廠，從基層做起，不忘力爭上游，公餘自修，參加公司舉辦的學歷鑑定考試，順利通過公司第一屆高中學歷鑑定。鑑於這項考試僅限於公司內部資格認定，我又以半工半讀方式完成臺北商職、空中行專、空中大學等學歷。

在工作上學以致用，逐步晉升，當過接線生、文書管理、統計分析師、文書課長、人事組長等職務。

一九九九年屆齡退休，服務公職四十餘載，期間歷經一個工廠在政府政策下結束營業，三百多位員工工作移轉及安置，以及另一個廠的民營化，雖然經歷諸多勞資問題，均能僥倖迎刃而解，承上級長官的肯定，感到非常欣慰。

自從我會賺錢後，除了幫助家計外，弟妹們的學費責無旁貸，結婚後仍然愛管父母親的事。母親曾對我婆婆說：「我生了一窩豬，只有一隻可以殺就被你們抓走了。」雖然不是什麼好聽的比喻，母親以女兒為傲的心情表露無遺。

一九六四年和同事孫思鏞結婚，先生孝順母親（父親早逝）、疼愛子女、體貼又負責，是長輩心目中的好孩子。他執意用自己的力量買地蓋房子，和我的母親比鄰而居，同時將他母親接來同住，彼此都有照應。

我們育有二女一男，長女孫德宜是美國南卡州立大學博士，在國立清華大學擔任教職；次女是美國奧勒崗州立大學博士，旅居美國；兒子孫英騰有會計師資格，目前是國泰人壽經理，攻讀商業博士。

由於早年的困苦，養成勤勞奮勉、堅忍不拔的毅力。一九九八年初，先生和我認爲養兒育女辛苦任務大致完成，計畫退休享受晚年休閒生活。我們首先計畫遊歷歐洲古老國家，欣賞名勝古蹟。

五月二日，先生從馬來西亞抱病回來，馬上到榮總門診，醫師告知是肺小細胞癌，蔓延迅速，必須馬上住院治療。

醫師很有信心地說有八成的治癒率，我還是很擔心。我們都不相信這是事實，先生一向身體健康，在國外也都有定期體檢，並沒有發現任何異樣，我希望醫師的判斷是錯誤的。然而，醫師是榮總胸腔科權威，我們只能面對事實，告訴自己有信心打贏這場戰。

經過兩次化療，病情好轉，以為應該沒事了，先生甚至想回馬來西亞繼續他的事業，但是醫師不同意，要求好好休息，不宜長途跋涉。四個月後，先生發覺視力減退，原來癌細胞蔓延到腦部，得繼續接受鈷六十及化療。幾番折騰，連醫師都佩服先生的毅力和自信，然而可怕的癌細胞再度蔓延到肝臟，最後終於奪走我摯愛的伴侶。

長達七個月，我們幾乎形影不離，攜手對抗病魔。我想放棄工作全心陪伴先生，又擔心敏感的時刻增加先生的負擔。接受化療常須在家等待醫師隨時通知，往往我人才剛坐進辦公室，一個電話，馬上從基隆上高速公路趕回家，提著簡單的行囊陪先生進醫院。

我只能在車上獨自一人時放聲宣洩，常常視線模糊，久久不能自已，見到先生時又必須裝作若無其事的樣子，我恨不得生病的人是自己。

先生生病期間，更拉近彼此的距離，我們談到目前社會趨勢，老人問題層出不窮，有一個共同的願望，計畫退出海外事業，投入國內迫切需要的老人看護中心，回饋社會。

當時慈濟內湖園區規畫興建老人輕安居，先生非常護持就成爲慈濟會員。後來因爲罹患肺癌突然往生，雖然內湖輕安居沒有蓋成，我還是爲他完成心願，在二〇一二年一月圓滿榮董。

不幸的事接踵而來，先生原有的合夥事業，合夥人宣稱缺乏適當人手接管，將馬來西亞工廠出售，所得稱歸臺北公司，而臺北公司經營負成長，這個結果與先生在世時迥然不同，顯然合夥人有侵占行爲，親朋好友主張提出告訴，我請教過律師，民事訴訟勞神傷財，兩敗俱傷。最後以「包容」的心想，人都沒有了，還有什麼好在乎的呢？

我還在工作時就很嚮往「慈濟」，每次看大愛電視臺證嚴法師的開示，以及衲履足跡法師輕盈的步履加上配樂，「您的步履像白雲飄藍天，您的足跡像綠水繞青山……」常常不能自已，淚流滿面。以法師弱小的身子，而有浩大的志業，令人佩服。

原計畫退休後，每天開車到慈濟聯絡處，多花點時間研讀法師的著作，期能更了解佛法。事實並不如想像中容易，常常信心滿滿的前進，總是往後倒退好幾步，但是我絕不輕易放棄。

法師開示常提到《法華經》，為了解《法華經》，我找書來看，卻看不懂，改用抄經，整本經抄完了，仍然零效果。在一個偶然的機會，聽到當年在美國的黃思賢，千里迢迢回來拜見法師，請教「佛法」的眞諦，法師很簡單地回答：「做就對了！」終於頓悟「空喙哺舌」是不踏實的。

首先完成「慈濟榮董」是圓了先生的心願，而先生遺體火化的那一刻，雖然依俗我不能在現場，試想一個完整的人進去，剎那間換來一罈骨灰，我決心要響應遺體捐贈。法師說：「人生只有使用權，沒有所有權。」倘若軀殼還有利用價值，願意發揮剩餘價值，況且被尊稱為「大體老師」，受尊重的感覺眞好。

於是，我設法找到如何加入「遺體捐贈」的行列，但是申請表要求需要兩個保證人。好不容易說服兒子簽署，大女兒說：「媽媽，我做不到的事，請您不要勉強我。」就是不肯同意。

擱了兩年，二女兒從國外回來渡假，夫婦倆都是虔誠的基督徒，我重提我的心願，他們認爲人往生後靈魂應該是上天國，爸爸已經在天國等我們了，軀殼其實並不重要。我再三表明意願，二女兒勉強簽署，所以我已經拿到慈濟醫學院「遺體捐贈同意卡」。

一九九七年，慈濟志業落實社區，成立內湖區眞善美團隊，從事各項活動報導。我常會隨著採訪故事的悲情而感傷，坐在電腦前邊打字邊拭淚，但是當看到一篇報導或傳記的呈現讓主人翁展開笑顏，便是最大的欣慰。

二〇〇六年靜思精舍增建工程，我兩度代表內湖區配合寫工作日誌，隨著福田志工在南寮北寮的三樓上往返奔波，能參與這項歷史性的任務，與有榮焉。

原以爲對的事，「做就對了」，但是畢竟「慈濟人」和「慈濟的人」是不一樣的。精舍增建工程承擔工作日誌時，與福田志工領隊許慧敏同車回花蓮時，彼此非常投緣，在她的推薦下參與社區培訓，二〇〇八年受證慈濟委員。

寫作原本是我的興趣，當我專心投入寫作時，可以暫時忘記心中的傷痛。年過八十後，以「琴歌傳愛」，是我努力的新方向。

歲月不饒人，體力大不如前，老花眼加上聽力退化，雙腳也不再俐落自如，跑醫院變成生活的一部分。每每來到臺北慈濟醫院，踏入大廳，琴聲飛揚、悅耳的合唱聲，讓大廳充滿溫馨的氣氛。

駐足欣賞那位優游自在的司琴者，自己也忍不住以耄耋之年開始學鋼琴、參加合唱團，期待有生之年，有機會成爲「琴歌傳愛」的一分子。

從零開始，敲打鍵盤的雙手，也用來彈琴。首先學習基本樂理、看五線譜，將十個手指擺放在正確位置，然後練習右手主旋律、左手伴奏，兩手配合彈出優美的曲子。

幾年下來，眼睛看譜、兩手彈奏，三點到位仍不容易。不過，我並不氣餒，低頭有堅定的腳步，抬頭看希望的遠方。雖然我現在因病已經是個殘缺不全的人，我仍然要設法讓自己活得優雅，將僅剩的生命價值發揮得淋漓盡致。

（完稿於二〇一九年九月）

寄情寫作療傷止痛

先生三年前因肺癌驟然往生，原本幸福美滿的家庭從此缺了一個角。先生離去，我出奇地堅強鎮定，平常不念經文的我，守在他的身旁為他念佛號，一直到他送進冰庫，我崩潰了。

剛開始一、兩年，我手中拿著蓋滿各國簽證的護照，卻無法走出去，住國外的女兒要求我暫時換個環境，也不願成行。因為以前都是兩人相伴，如今形單影隻，我承受不了這椎心之痛。封閉自己，見不得人，也不想上班。

感恩當時長官的關心厚愛，好言相勸，並多留我工作一年。起先藉著忙碌的工作暫時紓解，但是下班回到家，每個角落都有他的影子，我無法忘記對他的思念。

期間我非常渴望接近佛法，我一直非常崇拜證嚴法師，也知道法師有許多著作，所以計畫在退休後，每天開車到慈濟內湖聯絡處研讀法師的作品。但是事與願違，並不如想像的容易。我讀《法華經》，但有看沒有懂，改用抄經，精神始終無法集中，整本書抄完了，腦袋仍然一片空白。

幾番折騰後，我參加慈濟靜思讀書會，每個學員先行研讀指定書目後，從心得分享中相互切磋，彼此長進。因此進一步了解，要著重在「做」，從「做中學，學中覺。」

爲了進一步「做中學」，有一個很好的機緣，我參加慈濟北區筆耕隊。在陳美羿老師教導後，很快交付功課，走入現場。

起初有些膽怯，深怕自己文筆不如人而漏氣。然而寫作是我的興趣，雖然多年擱置，有機會重拾舊愛非常樂意。陳美羿老師了解學生的心態，她多方鼓勵與肯定，更增加信心。

第一次做現場採訪是在二〇〇一年四月，我應邀參加內湖區榮董聯誼會，順便做功課，一舉兩得。

陳美羿老師教導我們，如何掌握活動採訪的要領，首先要找這個活動的「最」，例如年齡最大或最小的對象。

當時我心裏想，第一次如果找最大的怕自己沒有經驗，不知道如何發問，不如先找個最小的榮董採訪，或許比較容易過關，結果糗事一籮筐。回來還得整理後輸入電腦，對我來說，這才是比較困難的。這時可眞後悔在上班時因爲有人做，自己沒有好好學習電腦操作。不過還好我原本會英文打字，熟諳鍵盤位置，國語發音還算準確，很快就進入狀況。

然而，歲月不饒人，我的眼力已大不如前，無法長時間盯著電腦螢幕。原想請兒子代打，兒子卻說：「老媽，您還是自己慢慢敲吧，否則您又沒事做，不就失去原來的意義了嗎？」

的確，當我專心投入寫作的功課時，可以暫時忘記心中的傷痛，擔任採訪寫作志工，我做得非常喜歡。從此，只要陳美羿老師吩咐，我一定盡心盡力。

二〇〇一年慈濟三十五周年慶，全球慈濟志工志業體巡禮暨幹部研習會，陳美羿老師指派我參加快報小組工作人員。

我既興奮又惶恐，高興的是老師把機會給了我，但是我又擔心，所謂快報當然是立即採訪報導，我年紀一大把了，惟恐達不到老師的要求，經過老師再三的鼓勵，終於義無反顧，披掛上陣。

陪著志工做全省志業體巡禮，我個人收穫最多。我一個慈濟新鮮人，從中體會到法師的心志，以及她追求眞善美的用心，不禁令人讚歎邁向世界慈濟村是指日可待。

感恩陳美羿老師給予我許多人物專訪的機會，他們在慈濟世界裏都非常資深，只要我們穿著藍天白雲，表示我們是「慈濟筆耕隊」，他們都會全力配合。

因此，無論是慈濟人物、樂生療養院痲瘋病人、希望工程校史有關人物採訪等，都能順利完成。

採訪痲瘋病人的故事，對我來說僅是完成一項功課。筆耕隊在九月中旬以《一個超越天堂的淨土》出書，我有幸搭上車，與有榮焉。

這本書的出版，陳美羿老師從故事的發掘，鼓勵並安排筆耕志工分別前往採訪外，她個人曾數度開車通宵達旦守著樂生朝陽舍，洞悉病患的作息，因此這本書的眞實性可見一斑。

出書的過程煩瑣，老師從修稿、編輯、校稿、再修正到出書還要賣書，她可是超級推銷員。她到處演講說書，贏得讀者的共鳴，果然很快破十萬本大關，所得捐給靜思文化。她笑得很開心地說：「年底上人的紅包就有我們的一份了。」

樂生療養院爲了捷運新莊線的興建即將走入歷史，許多痲瘋病患走過寒森歲月，金義禎會長對藍天白雲的期待，北區筆耕隊在陳美羿老師的領導下努力完成，也爲慈濟的歷史留下美好的篇章。

四十多年的公務員生涯，已經習慣公文書寫，陳美羿老師常提醒我：

「寫文章不能公文話，它需要由許多小故事去點綴，點滴片段的相串才會生動，討人喜歡。」

袁言言老師也說：「寫文章是沒有辦法以教學方式傳授的，它完全視個人的文學造詣及領會，其實每個人都有屬於自己的風格。」

自從加入筆耕隊之後，我以爲忙碌就是幸福的人，所以我要設法讓自己僅剩的生命價值，發揮得淋漓盡致，如璀璨的夕陽，愈接近地平線，餘暉愈亮麗。

（完稿於二〇〇二年十月）

大姊的怨嘆

大姊僅僅大我兩歲，可是每當我們在一起時，親友們都以爲她大我十幾歲。著實也是，看她消瘦的臉龐，蓬鬆的頭髮，加上簡陋的衣著，顯得蒼老許多。

大姊從小就送給人家做童養媳，自幼在家幫忙務農，凡是田裏的工作，無論播種、收穫，無所不會，她也不曾進學校讀書。

十六歲那一年，在養父母的安排下，正式作爲他們的童養媳。婚後一年生一個，已經有三個男孩、四個女孩了，公婆希望她再多生幾個孫子。大姊每天除了照顧七個孩子外，還得到田裏工作。因此，她終日忙碌，也很少回娘家。

媽媽看到大姊的處境，覺得愧對大姊，但是生米已煮成熟飯，悔不當初，不時也寄點錢給她貼補家用，或做些童裝給外孫們穿。有時在稻穀收成時，專程去幫忙晒穀等。

記得小妹結婚那一天，媽媽希望我們姊妹能齊聚一堂，老人家也實在想念大姊，早就去信要她回來，當天又派我和弟弟去接她。

去大姊家，必須渡船跨越基隆河，再沿阡陌小徑，穿過一片竹林，才能抵達她家。遠遠的看到大姊在田裏收番薯，我們站了一會兒，她才在偶然地抬頭中看到我們。

她高興得立即放下手上的鋤頭，飛也似地跑過來。當我們表明來意時，她面有難色地望著還未收拾完的番薯園，說：「孩子們怎麼辦？」

「把工具收回來，工作暫時擱下，孩子們由我們幫忙一起帶回家。」我告訴她。

於是她放大嗓門呼喊孩子們回家，小鬼們一個個從田間、屋角跑了過來，最小的手裏還捏著一把泥巴，邊走邊把玩，各個光著腳丫子，髒汙的臉，聽到我說要帶他們去外婆家玩，高興地又蹦又跳，髒汙的小手一把抓住我的裙子，裙子立刻印了花。

大姊趕快幫他們梳洗一番，換上乾淨的衣裳，忙了一陣子，我差點忘了還有一個站在後面等的著急幾乎要哭了，好不容易，我們一群人才踏上歸程。

到家時，媽媽早已熱淚盈眶了。新娘等我們吃惜別酒（本省習俗：新娘出嫁前均擺酒席一桌，十二道菜飯，供新娘及兄弟姊妹惜別餐會），席上籠罩著離別的傷感，大人小孩都在掉眼淚，大姊更是泣不成聲，可以了解她的淚裏包含她自己內心的怨嘆。

在拍全家福時，因爲她是老大，要坐在爸媽的旁邊，她卻畏畏縮縮地躲在後面說：「見不得人。」

新娘被迎出門後，大家準備去會場觀禮，吃喜酒湊熱鬧。大姊就堅持不肯去，爲了不掃興而增加她的傷心，我說盡好話，一面替她梳頭、擦口紅，還給她一雙絲襪、換雙高跟鞋。

當她穿好後，大夥準備出發，我發覺她的腳好像不對勁，一看，原來是絲襪破了個大洞，再看看她的手，哇！整雙手掌已成老繭，宛如鋸齒。我感到非常難過，除了再拿一雙絲襪替她穿上之外，如何減輕她的勞碌，便開始在我心裏盤旋著。

適逢政府推行家庭計畫，宣導鼓勵家庭節育：「三個恰恰好；兩個不嫌少」，並在各個醫院、鄉鎮衛生所增設「安裝樂普工作」，協助需要幫助的家庭。

我把訊息告訴媽媽，媽媽起初擔心得罪親家，爲了那可憐的女兒，她要我先問問大姊的意願。起初，大姊害怕發生意外，也惟恐公婆不悅，感到非常爲難。仔細勸解，並舉了幾個實例後，大姊終於接受建議，先和姊夫商量後，再由姊夫尋求公婆的諒解。

一星期後，我和媽媽馬上帶她到就近的婦產科。只是一會兒功夫就完成，大姊驚奇地問：「沒想到這麼簡單，這樣安全嗎？」

「只要今後按照指示做定期檢查，這個幾乎是百分之百的安全。」醫師這樣回答。

時光荏苒，大姊不但非常順利平安，而且長胖了，她雖然還有許多田裏的工作，可是再也沒有增加小孩，在精神、物質上確實減輕不少負擔。孩子各個長大也可以幫她分擔工作，家境逐漸好轉中，她偶爾也回家探望媽媽。對於節育這件事，她總是羞於啓齒，每每看見我均報以神祕的微笑。

一丈差九尺

日前，證嚴法師在追念蔡寶珠時，回憶「先走先贏」的故事，對大捨堂的位數曾有八百與八千的口誤，法師笑著馬上更正，並以「一丈差九尺」開示：「今天的工作就是明天的歷史，而歷史如果沒經記載，光憑有限的記憶常會有『一丈差九尺』之憾。」

慈濟文宣工作，從早期的口耳相傳，到慈濟月刊的文字、照片乃至廣播、電視等，無不以文字做基礎。而近年來，慈濟各式各樣的營隊，大型活動頻繁，現場採訪納入紀錄，都是人生經典，資料彌足珍貴。搜集、建檔、成立資料庫供典藏或運用，乃文字採訪及撰稿人員的使命。

我參加慈濟筆耕隊一年多來，從開始習作「糗事一籮筐」。期間，蒙陳美羿老師鼓勵再三，原本喜歡塗鴉的我，有了信心，接受徵召，帶著戰戰戰兢兢的心情，陪著海內外慈濟志工志業體巡禮隨團採訪、希望工程校史採訪撰寫、人物專訪、樂生療養院痲瘋病患專訪等。

在許多聚會場合，慈濟人常以「說你所做的，做你所說的」提出分享，而筆耕隊應是「寫你所看（做）的」，發揮千手千眼的精神，爲慈濟留下更完整的歷史。

證嚴法師慈示：「一篇好文章的條件：第一要眞實，第二要讓人看得懂。」文字是發自內心與思想的反應，在採訪過程中如何跳脫自我意識，以最適當的字彙語辭表達一件事實，呈現一個情境，常考驗個人的智慧，誠有「書到用時方恨少之憾」。

陳美羿與袁言言老師都表示：「寫文章無法用教學方式傳授，完全要靠個人自我領悟。」一篇文章要贏得讀者的喜愛，除了眞實感之外，個人文學造詣更是重要的一環，多看多讀多學習，但願努力鞭策自己，至少不要有「一丈差九尺」之憾。

遺願未了

已經六年多了，在我心中徘徊不去的歉疚無法投訴，而且相信它將伴隨著我直到永遠。

自從會賺錢，我就愛管爸媽的事，母親也喜歡把事情交代給我。母親生長在保守的農業社會，特別守舊；在她稍有年紀時，常常告訴我，往生之後要穿七件衣服，而她喜歡的七件是……

爲了滿足她的願望，我依她的意思分批準備，交給她自己保管，也常逗趣地說：「您最好自己穿好再走。」

臺灣這些年來倡導遺體以火化方式處理，節省空間又環保，母親不能接受，不只一次地告訴我：「不要把我燒掉喔！」

後來，母親得了老人失智症，終於離我們而去，她心愛的七件壽衣，也因爲搬家而不知去向。

最後弟弟決定要以火葬方式辦理，當時我沒有堅持母親的願望，一來人都沒有了，還有什麼可計較的，二來也因爲順應時代需求。我只要求火化後放在寺廟裏，初一、十五有人念經，讓母親不寂寞，我也可以常常去看媽媽。

六年多來，我常開車上山看媽媽，告訴媽媽：「對不起。」

（完稿於二〇〇二年五月）

美鈔更值錢

小姑是婆婆最小的女兒，當年婆婆生的是雙胞胎，她們分別由媽媽和外婆撫養長大，後來雙胞胎妹妹因病夭折，她才回到媽媽的身邊。在大家庭裏，她常被兄姊及堂兄姊欺負，也得不到媽媽的疼惜。小姑每次含淚訴說童年往事，總覺不堪回首。

雖然在婆婆面前她做什麼事都不對，她仍然小心翼翼的凡事請問「媽媽」，婆婆常常要她去問大姑，但大姑是個以自我為中心的人，當然得不到什麼好的答案。儘管這樣，小姑始終是個非常孝順的女兒。

小姑說：「自從你來到我們家，我才有被尊重的快樂，灰暗的人生終於見到曙光。」其實我並沒有為她做什麼，只是天生有個同情弱者的心吧！小姑結婚也是我和外子大力促成的。她說：「婚後，我才有被愛的幸福感。」

目前，她的一對兒女都已長大成人，夫婦倆常年旅居國外。

婆婆在世時，小姑還住在臺灣，常常邀請婆婆到她家，儘管夫婦倆服侍得無微不至，仍然很難博得「媽媽」的歡心，但是小姑總是心存感恩，沒有怨言。婆婆往生後，逢七祭拜，每次要燒紙錢，她爲了表示對媽媽的孝敬，特別找來美鈔紙錢燒給婆婆，她說：「美鈔比較值錢，希望媽媽在另一個國度裏用錢無虞。」迄今每逢婆婆祭日，縱使她人在國外不便回來，也一定打電話要我爲她向婆婆多上一炷香，表示追思與懷念。我常常告訴婆婆：「您有這樣孝順的女兒眞幸福。」

每逢祭祖或七月普渡，循例都要燒許多紙錢，「美鈔更値錢」常是家人話題中的美談。自從接近佛法，證嚴法師說：「佛在心中」，祭祖也僅止於追思與懷念，並寄上無限的祝福。不燒紙錢後，「美鈔更值錢」之說，就留做激勵子子孫孫孝悌楷模了。

（完稿於二〇〇六年三月）

匆匆一瞥史丹佛

美國西部旅遊景點不勝枚舉，年輕的時候曾攜同夫婿踏過北加州、黃石公園、大峽谷、南加州、洛杉磯、迪士尼、環球影城、優勝美地、拉斯維加斯、舊金山、金門大橋、唐人街……卻沒有因緣親臨赫赫有名的史丹佛大學。

三年前，旅居美國的孫女蔚蔚，以第一志願入學史丹佛大學，我們欣喜驕傲，並為她獻上無限地祝福。蔚蔚從小聰穎伶俐，無論是學科、術科都非常優秀，拉得一手小提琴，是親朋好友稱讚的好小孩。

就在即將邁向求學的另一階段，蔚蔚面臨一場生命的考驗，很長一段時間折騰在病榻中，然而，好強的她並未因此荒廢學業，在化療間歇時間重拾課本，雖然沒有上學，仍然以優異的成績高中畢業。

當她要以第一志願申請念史丹佛大學時，老師都反對，甚至勸她不要錯過選擇第一志願的機會，但她還是決定放手一搏。

史丹佛大學當年錄取率只有五個百分點，收到入學許可通知時，確實出乎許多人的意外，蔚蔚是學校有史以來第一個獲准念史丹佛大學的畢業生，不僅爲學校帶來榮耀，也享譽尤金（Eugene）城，親友賀聲連連。爲了她的健康問題，父母仔細與醫師商酌後，讓她負笈史丹佛大學。

住進校舍，她遇見來自四面八方的精英同學，適應迥然不同的教學方式，並配合醫師的叮囑守護自己的健康，種種壓力嚴重打擊她的自信。蔚蔚的爸爸回憶說：「當時孩子每天打電話都在哭泣……」父母非常心疼，商議讓孩子放棄學業，回家輕鬆養病。

他們是篤信耶穌基督的家庭，隨時禱告求神憐憫開恩，在他們虔誠的祈求禱告中，蔚蔚很快融入學校，成績也不錯。印證聖經的金句：「在人，這是不可能的；但是在神，凡事都可能。」

轉瞬間，蔚蔚就將大學畢業了。大學生活除了應付考試比較辛苦外，她過得充實愉快。往後的目標是該校的醫學院，她正積極準備九月份的考試。她因爲毅力的堅持才看到希望，請求神繼續保守，給她智慧和力量，將機會留給有準備的她。

暑假期間，因爲有個實驗需要繼續完成，她回家的時間變少了。蔚蔚沒空回家，阿嬷閒閒沒事，專程去爲她加油打氣，也一睹史丹佛大學廬山眞面目。

七月三十日，在女婿費心安排下，他出差回程抵達舊金山時，我從尤金飛波特蘭轉舊金山和他會合；當天又從舊金山轉尤金。因爲都是單飛，女兒擔心「孫姥姥進大觀園，迷失方向。」再三地叮嚀，問好登機門，萬一有問題要打手機喔！

凌晨三點起床，準備就緒，女兒開車送我去機場，還爲我準備好早餐、零食，當年送她負笈美國，幕幕浮現腦海，而今是她的孩子求學在外，溫馨感傷錯綜複雜。沿途天色仍然黑漆漆地，唯有一輪明月掛天際。抵達機場通關後，機上座無虛席，原來早起的人還眞不少。

輾轉抵達舊金山機場，因爲座位在最後面，最後一個下飛機，旅客都走光了，我跟不上人群，只好用破英文向機場店家問路，找到國際航廈出口，才拿出手機告訴女婿正確位置，看到女婿如釋重負，馬上給女兒報平安。

有了女婿陪同，又可以輕鬆盲目地跟著走。乘坐地鐵去租車的地方，大排長龍，好不容易拿到車鑰匙，不同的車款稍加摸索馬上上路。其實他是剛從亞洲出差回美，還沒有機會調整時差，就繼續一天的行程，佩服他有如獅子的勇猛，駱駝的耐力，也讓我心疼不已。

車出停車場，按下導航目的地史丹佛大學，車程很長，高速公路沿途，大小山丘黃土一片，只有小樹點點，據說加州氣候乾燥，植樹生長不易。來到史丹佛廣大校園，卻是處處樹蔭蔽天，足見校方對環境維護多麼用心。

在校園的外圍，暑期臨時宿舍見到蔚蔚，彼此高興地擁抱。兩人同住的宿舍，小而美，衛浴炊具俱全。蔚蔚喜歡自己做飯，經濟又實惠，偶爾還請同學來包水餃。她很自豪地說：「中午要自己下廚做飯，請阿嬤和爸爸」。果然她動作俐落，很快中餐就緒，三代同堂吃得很開心。

史丹佛大學坐落在美國加利福尼亞州史丹福市的私立研究型大學，位於舊金山東西方六十公里，矽谷西北部。一八九一年成立，由參議員和前加州州長阿馬薩·利蘭·史丹佛（Amasa Leland Stanford）及其妻子成立，紀念早逝的兒子。而今日的史丹佛大學已是世界一流研究型大學，有將近一萬六千名學生。

史丹佛大學也是著名的觀光景點，遊客如織，穿梭在校園各個角落，學校設有遊客中心，除了供遊客遊覽諮詢外，也是各地來的莘莘學子入學的指南。

在蔚蔚引領下，沿著樹蔭環視校園，美侖美奐，廣大寬闊，面積超過三千公頃。四通八達的馬路，只見接近建築旁停滿各式各樣的腳踏車，是大部分學生代步趕課的工具。開始爸爸也為蔚蔚買一部腳踏車代步，後來她選擇沿著樹蔭走，戴上耳機，一邊和爸媽通電話，紓解思鄉之情，同時舒活筋骨，練就健康的體魄。

校園中較古老的建築採用西班牙殖民時期的風格，拱門、倒U廊簷陳列整齊，典雅優美；也有較現代的建築，均採淺色牆壁紅色屋頂，充滿歐洲風格。

高塔（Hoover Tower）是紀念第一屆畢業校友美國前總統胡佛，崇高的建築屹立校園，是史丹佛的地標。在校生可以免費帶親友登上最高層，因為電梯容納乘客有限，排了很長的隊伍，終於可以登上頂樓，鳥瞰校園全景，儼然一座大城堡，壯觀又莊嚴，如詩如畫，宛如一幅出自名家的畫作。

高塔也是個鐘樓，頂樓陳設著大小不同的鐘，每逢星期五下午六時，由專人以彈奏音樂方式報時，音樂響徹雲霄，遍布整個校園，這是學校的精神指標，用來激勵學子，「一寸光陰，一寸金」，「分秒不空過，步步踏實做。」蔚蔚說：「每次聽到鐘聲，警覺又過了一星期，提醒自己『當像智慧人，愛惜光陰。』……」

校內有名建築之一史丹佛紀念教堂（Stanford Memorial Church），一九〇三年完工，被譽為史丹佛校園的珍寶。學校雖有教堂和宗教系，卻不是一所宗教氣息濃厚的學府，校風自由，據說教堂內富麗堂皇，可惜當天有婚禮進行，不適合觀摩，不過我和蔚蔚有約，等待她的婚禮，同時瞻仰莊嚴殿堂。

學校正門前廣場，綠草如茵的草坪也是遊客必到的景點，連接綠樹成蔭的道路，站在正門前，視野遼闊一望無際，象徵學子遠大的前程。

史丹佛的研究能力和成果首屈一指，學校誕生不少赫赫有名的校友，畢業生的創新能力是其他學校難以匹敵的，校友不乏國際知名的科學家和政治領袖。

來自臺灣的科技界重量級人士黃仁勳，捐了三千萬美元給母校，工程大樓以他的名字命名。香港首富李嘉誠，因爲兩個孩子都是史丹佛的校友，捐贈一棟醫學中心。學校資源豐富，環境優美，校風純樸，確實是培育人才的搖籃。能在這麼美麗的校園，跟世界頂尖的教授做研究和學習，眞的是福報透天，神的恩典。

史丹佛大學廣大寬闊，縱使開車巡禮都難走遍全校，我有孫女陪同，匆匆一瞥史丹佛，興奮驕傲又感恩。

時光冉冉，一晃過了六年，如今蔚蔚已是該校醫學院二年級的研究生了，孫姥姥瞻仰莊嚴教堂指日可待囉！

親幫親　鄰幫鄰

納莉颱風來襲，連續豪雨下得人心惶惶，臺北市內湖區西安里里長謝建華除呼籲里民注意安全外，並攜同夫人領著鄰長、社區委員等隨時待命。

雨勢愈來愈大，眼看排水系統已不堪負荷，大夥連夜撬開水溝蓋以利疏通。里長夫人說，很多人的手都起水泡受傷了，仍然維護不了臺北花園城的安全，可怕的大水夾雜著土石滾滾而來，大石頭堵塞排水口，一樓住戶無一倖免，造成社區有史以來最大的災難。

花園城一樓住戶孫英騰認爲，最後一棟地勢比較高，一向沒問題，不過他還是不放心，整晚前後巡視。當他打開大門的那一刹那，看到斜對面最靠山邊的吳伯伯家，一面牆倒了下來，很快大水往自己家裏猛衝進來，好像有人受傷，他大聲喊他的母親及太太趕快換衣服撤離，他則開車送傷者就醫。

水已經過膝，路上都是涉水的人車，里長要求附近德明技術學院球場開放停車，疏散交通，許多車輛才得倖免泡水。

最靠山邊七十一號一樓的吳希和夫婦及兒子，大水進屋時來不及逃生，水的衝力太大，大門都打不開。他們先讓老太太爬上桌子，很快的水已經淹過肩膀，被困在屋裏束手無策，這時媳婦從外面回來也進不去，發覺事情嚴重，才開始求救。

住在四樓的高粲及兩個兒子高鵬、高祥，連同其他鄰居趕緊下樓合力搶救，門怎麼也打不開。二十六歲的高祥，年輕力壯，情急之下，上樓拿鐵鎚敲壞牆壁，果然牆壁因為水的衝力應聲倒下，人是救出來了，機智的高鵬馬上清點人數，發現弟弟高祥不見了，趕緊摸黑在牆下找人，果然摸到弟弟的腳，大家合力搬開牆，才從牆下水中把人救出來，正好孫英騰趕到，馬上開車涉水送醫。

孫英騰說，他原本應該左轉送到國泰或三總內湖分院，但是塞車，水又急，轉了好幾個彎就是出不去，最後車子進水熄火開不動了，他只好下車攔到一部自由時報的送報車，由高祥父兄陪同繼續往醫院送。

水這麼急，孫英騰掛念著母親及太太是否安全撤離，他涉水找到母親及太太，很激動地告訴母親，他沒有完成救人的任務，感到非常不安。

母子三人雖然團聚了，但是回不了家。天空仍然下著大雨，水愈漲愈高，不敢輕舉妄動，只好以電話聯絡附近慈濟人張緞，她非常親切地接待，讓母子備感溫馨。等不到天亮，母子三人涉水回家一探究竟，孫英騰小心翼翼地打開房門，深怕水往外衝，結果還好，約一尺多淹過的痕跡。但是一屋子的汙泥，以及地下室滿滿汙水，而且臭氣薰人。

原來隔壁張家的化糞池被水衝開，糞便溢流，處處飄浮，衛生亮起紅燈，社區管理站紛紛家家分送消毒藥粉，希望大家注意衛生。

整個社區除了一樓大小災情外，地下室都是滿槽汙水，還好人都安全，只有好心救人的高祥不幸受重傷仍住院中。事後，吳希和夫婦特別向孫英騰道謝救命之恩。高祥的父親高粲表示，雖然他的兒子生命一度危急，醫師也發出病危通知，現在咳出來的都是血、砂，還有樹葉，耳朵也塞滿砂及樹葉，如果兒子眞有三長兩短，他認爲以一條命換回四條命也是値得的。這種以「無私之愛化悲情」的胸懷，令人心酸佩服。

重建家園刻不容緩，到處積水、汙泥，滿街淹水家具等垃圾堆積如山，等待清理。因爲災區範圍太大，而且有比我們更嚴重的地區亟待救援。里長主張自力救濟，他首先提供抽水機，讓居民輪流抽出地下室汙水，再以私人關係借來怪手挖通大排水溝，借用朋友空地暫放垃圾。等馬路騰空，再發動社區居民全體動員清掃馬路。現在卡車正在清運垃圾中，相信很快將還給居民一個清潔舒適的家園，居民除了感恩外，認爲好的示範可供借鏡，應予表彰。

（完稿於二〇〇一年九月）

看得見的輪迴

「媽，下星期六學校有自強活動去角板根，我已經替您報名了，時間要空出來喔！」大女兒打電話說。

「媽，這個星期六公司舉辦擎天崗健行活動，應該不會走太遠的路，我們一起去好嗎？」兒子這麼說。

住在香港的二女兒電話裏說：「媽，聖誕節來，我們再去坐麗星輪遊澳門。」

雖然都是非常溫馨的邀約，然而感情特別脆弱的我，常會觸景生情，老淚縱橫，但是我仍然願意配合演出，而且非常稱職。想當年，常帶著媽媽、兒女一起參加公司的各種活動，如今卻淪爲配角，在欣慰之餘不禁感嘆，這不就是看得見的輪迴嗎？

回憶童稚年代，我們每個人都有自己的本性；歲月如梭，走在人生路上，經歷生活風霜，曾經遇到紅燈需要暫停一下，也曾經走到交叉路口需要選擇。這一路上我們摸索著，也跌跌撞撞地走著，這是成長的自然法則。

生命從過去到現在，又延續到未來，在生死相續，無窮無盡的流轉過程中，「萬般帶不走，唯有業隨身」。

我們實在不知道自己下一步要面臨的是何種人生，不管喜不喜歡，它都是人生的片段。學會活在當下，善待每一個今天，盡情地享受看得見的輪迴，知福惜福再造福，無怨無悔。

（完稿於二〇〇三年十一月）

愛車失竊記

大女兒因爲工作需要，孩子短時間沒人照顧，需要我去補位。循例我從臺北自行開車到新竹，車子停放在路邊停車位，附近是大潤發大賣場，隨時人來人往算是蠻熱鬧的地方。

隔天中午準備開車返北時，赫然發現車子不見了，我心急如焚，看到附近有車禍處理中心警察崗，登門請求協助。他們說汽車失竊報案屬管區警察派出所，並指引派出所大略方向。

因爲人地生疏，邊走邊問，好不容易找到派出所說明原委，警察開始詢問製作筆錄，聲稱將立即輸入電腦全省警網全面通緝，我只能垂頭喪氣地回家等候消息。

第二天中午，臺北家裏接到電話勒贖，歹徒以威脅的口吻表示因爲缺錢，要求在期限內匯款二十萬元到他指定的帳戶，就可以還車，否則不保證車子完好。

孩子們商議，寧可失去車子也不要「助紂為虐」。女兒說：「老媽，我們都知道這車子的紀念意義遠超過本身價值，不得已就讓它隨著老爸遠去吧；該換車了，老爸的車體型太大，我們替您買一部較小的，可以代步又方便停車。」

孩子的窩心讓我從傷心轉為安慰。兒子與歹徒周旋過程中，他能臨機應變，不慌不亂，而且不斷地安慰我會保護我，讓我心裏默默地告訴老爸：「您放心，兒子可以是支柱。」

一週後，接獲警察通知，車子在中壢一個很偏僻的鄉村找到了，兒子驅車前往認領，仔細檢查車況，只有車門被破壞，沒有缺少任何零件，算是驚魂之後的大幸了。

（完稿於二〇〇二年四月）

我的好同學

潘瓊祝是我小學五年級的同學，也是相知相惜的好朋友。她出身臺北南港望族，父親是中醫師，家境很好。

嬌小玲瓏的她，長得眉清目秀，中學畢業後考上非常高標準的公路局金馬號小姐，經過專業訓練，更是舉止端莊，談吐文雅，許多人拜倒在她的石榴裙下。

但是她卻相信算命仙說的：「我眉毛長得不順遂，如果結婚會剋死丈夫守空房。」她認爲殘害無辜，於心何忍。因此，錯過很多良緣，始終小姑獨處，過著輕安自在的生活。

有幾次我生病了，她放下手邊工作來陪我，連孩子們都知道潘阿姨是我們的好朋友，迄今仍不時相互關心，友情深厚羨煞其他同學們。

潘瓊祝畫得一手好國畫，好多年前，我們搬新家時，她親自畫了松、梅、蘭、菊、竹作爲賀禮，還裱褙和我家裝潢相配，我把它掛在客廳明顯的位置，有人來訪我都會刻意地介紹它。

時光荏苒，畫面已隨著歲月逐漸淡化。曾有一位馬來西亞的名畫家朋友建議畫作要更新，但是我們全家人都非常珍惜這幅畫，因爲它代表珍貴的友情與永難忘懷的記憶。

人生的旅途，她始終都是付出無所求，也簽下大體捐贈同意書，她要把自己的生命價值充分發揮。

（完稿於二〇〇六年十二月）

生命的喜悅

二〇〇四年秋，我錯過參與國際人醫會年會重頭戲「中秋感恩祝福晚會」的採訪工作，匆匆從花蓮趕回臺北，只因爲外甥的太太看好時辰，要提前剖腹生產。小姑旅居國外，無法及時趕回來陪伴，作爲舅媽的我，當然義不容辭代表小姑出場。

帶回精舍常住師父親手製作的月餅，是小倆口的最愛，因爲外甥的太太洪翠霞曾經是慈青，在精舍常住一些時日，非常熟識師父的用心，抱著滿懷的祝福被推進手術房。

等在外面即將做爸爸的外甥，既興奮又緊張，看他坐立不安，這時做舅媽的必須發揮鎮定的功能，送上預先準備好的水果「芭樂」，象徵著「爸爸快樂」，說些輕鬆的話題，紓解緊張的氣氛。親家公、親家母也從臺中趕來，大家都在開刀房外面守候，準備迎接新生命的來臨。

不一會兒，開刀房門打開，護理人員手抱著嬰兒，喊著「洪翠霞的家屬」，「有」外甥興奮大聲地回答，三步併成兩步往前衝，護理人員將嬰兒擺在平臺上，攤開綠色的布包，大家齊圍向前，紅通通的娃娃，五官清秀，好可愛喔！

「兩千九百六十公克」，護理人員告訴家屬後，翻開包裹，拿出娃娃的小手，左右各「一、二、三、四、五……」數著小指頭、腳指「一、二、三、四、五……」，指著耳朵又翻開布包，秀出小屁屁，很快地說：「是個女娃。」

新手爸爸趕緊捕捉鏡頭，因爲太緊張，又怕閃光燈照到嬰兒的眼睛，沒有拍好。護理人員很熟練地把嬰兒包好，遞給爸爸。外甥一時手足無措，雙手發抖，戰戰兢兢地接過，感受到新生命的喜悅。

高頭大馬的爸爸抱著丁點的小嬰兒，形成非常強烈的對比，小表姊及時拍下父女第一張合照，將是最珍貴的紀念。

看到這一幕，令人感觸萬千，我也跟著激動得掉下喜悅的眼淚。一個孩子能夠很順利地在母體著床，經過十個月懷胎，生出來四肢健全又健康，是一場多麼大的賭注，想到自己曾經順順利利生了三個健康的孩子，心裏就充滿無限的感恩。

孩子出生後，父母的心念即與孩子的身心相連，總是將最好最舒服的無條件地給孩子，手抱著孩兒方知父母恩。證嚴法師常提醒我們，「懂得知恩報恩的人，才是眞正有福的人生」。

這個新生命的來臨，除了帶來喜悅之外，更讓新手爸媽體會「父母恩重如山」的眞諦。

（完稿於二〇〇四年八月）

重遊布拉格

二〇〇一年，我好奇地為了掀開鐵幕的面紗，參加東歐迷你旅遊團，觀光匈牙利、捷克、波蘭、俄羅斯等共產國家，造訪捷克首都布拉格，留下非常美好的印象。兒子則在參加公司旅遊後，對那擁有「百塔之城」美譽的布拉格情有所鍾，私下幾次渡假都選擇布拉格。

八十歲的生日禮物，兒子計畫帶我重遊布拉格。經賴美珍老師的邀約，參加旅行社舉辦的「典藏奧捷」十日遊。主辦單位特別安排搭乘華航班機，晚上由桃園國際機場起飛，直飛維也納在機上過夜，讓旅客可以充分休息，養足精神迎接精彩行程。

二〇一七年九月十二日清晨抵達維也納，一出機場，地面是溼的，顯然已經下過雨，導遊說當地現在是多雨的季節，而當下則是晴時多雲，溫度只有攝氏十二度，雖然溼度低卻不冷，非常涼爽。

晴空萬里，藍天白雲及一片片黃色玉米田，還有歐洲特色白牆紅瓦典雅的建築，處處勾勒優美的一幅畫。因爲政府重視環保，舉凡化工廠、重工業都避開市區，沒有空氣汙染，居住品質良好。

有三個小時的車程，前往音樂神童莫札特的故居薩爾茲堡，導遊黃邦旗做足功課，沿途介紹奧匈帝國的興衰、連綿的阿爾卑斯山麓諸小國家、薩爾茲堡地理位置、歷史淵源、文化背景、人口分布等。

適逢上班時間有些塞車，當地司機溫文儒雅不急不躁，駕駛穩重，不禁令人豎起大拇指喊「讚」，比預定時間稍晚抵達薩爾茲堡莫札特廣場。

當地嚮導是一位來自臺北的留學生，帶領大家展開市區觀光，首先前往蓋特萊德巷，這條不寬的街道目前已闢爲人行步道區，漫步觀賞琳瑯滿目的櫥窗，兩旁的商家皆高掛獨特有創意的鑄鐵招牌，諸如麥當勞……；而蓋特萊德巷九號就是莫札特的故居，英年早逝的音樂神童，在此創作許多作品。周圍環繞的廣場有大教堂，居民百分之七十是天主教徒。

接著前往當年電影「眞善美」的拍攝地點——米拉貝爾花園。修砌整齊的巴洛克式花園，是主教沃爾夫爲他的愛人莎樂美所建，以希臘神話爲主題的雕像、此起彼落的噴泉，主題曲 Do Ra Mi 孩子排排站的石階依然可見，由花園可拍到郝恩薩爾斯堡城塞，可惜天空不作美，大雨陣陣，眞是大煞風景。

九月十三日，行程第三天展開奧地利著名湖泊渡假區、鹽湖區之旅。太陽出來了，但是氣溫很低，有些寒意。行車沿著森林隧道來到依山傍水的哈斯達特，是世界最漂亮的避暑勝地，共有七十六個湖泊，宛如珍珠項鍊般串聯在阿爾卑斯山群中。西元前，原住民發現阿爾卑斯山有豐富的鹽礦，在不太破壞環境情況下，引下鹽水造鹽，已列入世界遺產。

政府非常重視環境保護，導遊呼籲大家當個有文化的觀光客，盡量安靜放低音量不喧譁。

哈斯達特鹽湖自由行，湖畔山坡上色彩柔和的歐式木造建築，以群山爲背景，映著碧綠的湖水，正是奧地利最具代表的風景，曾出現在旅遊雜誌中，身歷其境更是一種享受。導遊說，冬天下雪，鹽湖結冰更美。只見遠山近景，樹葉已呈黃，秋天已經悄悄地來到。走累了，湖邊咖啡屋小憩，店員居然會說中文，來一杯咖啡或啤酒是當地人的最愛。

驅車前往莫札特母親的故鄉——聖吉爾根小鎮，莫札特的成就，母親的陪伴付出很大心力，功不可沒。沿途視野寬廣，一片片綠油油的牧草已收成一捆捆，準備好過冬。

九月十四日進入捷克邊境庫倫洛夫，共產國家要求嚴謹，入境、住旅館都必須檢驗個人護照。沿途導遊一再地說明歐洲獨特不同的建築，希臘式、羅馬式、歌德式、巴洛克式的區別，偶爾指著某個建築考考團員的認知。

庫倫洛夫是世界文化遺產之一，是捷克公認最美麗的中世紀古鎮。庫倫洛夫其實是在河灣中的窪地，伏爾塔瓦河彎曲地繞過這個小鎮，導遊安排在此停留半天的時間，讓團員在進入捷克大城前，先領會捷克溫馨小鎮的風情。

庫倫洛夫城堡是一座建於十三世紀的高塔，融合了歌德式與文藝復興時期的建築風格，壁畫家用立體彩繪藝術，畫出幾可亂真的雕像與花窗，因而有彩繪塔的美名，不仔細端詳，還真看不出其中的端倪。隨興漫步在舊城廣場，粉牆紅瓦的蜿蜒小徑，有當年馬車行走的步道，還有石階與美麗的中庭，宛如走入時光隧道。

午餐後，前往瑪麗安斯基溫泉區，優美的景色是詩人、音樂家的最愛，徜徉於幽靜的小城，可見典型的巴洛克式建築迴廊、精緻的庭園景觀，廊外音樂噴泉更增風景，無怪乎許多文豪與音樂家都在此留下足跡。

九月十五日一早出發前導遊特別叮嚀，昨日主辦單位特別贈送的捷克極具收藏價值的溫泉杯要隨身攜帶，以便一邊欣賞美麗風光，一邊品嘗捷克特有可喝的溫泉。

前往捷克著名的溫泉鄉卡羅維瓦利，古色古香的建築，充分展現中世紀的貴族風貌，是捷克數一數二的天然美景。聞名世界深具療效的間歇泉，處處噴湧不同溫度的泉水，據說泉水含有四十種以上的礦物質，可浸泡還可飲用治病，因此被譽爲歐洲最漂亮的療養樂園。團員紛紛拿出造型十分特殊的瓷杯，舉杯共飲溫泉水，彼此祝福身體健康，旅途愉快。

午餐後終於來到此行的重要景點布拉格，體驗伏爾塔瓦河上布拉格的夢幻氣息，以及查理士大橋的古典浪漫。首先來到遊人如織的舊城廣場，欣賞四周迷人的建築，滿城的古蹟，眞是眩目，値得一遊再遊。

下午，到伏爾塔瓦河乘坐遊船，穿越查理士大橋，盡賞布拉格市區兩岸風光。導遊帶動許多團員載歌載舞，掀起此行遊樂最高潮，直到遊船已抵終點，仍然意猶未盡。

九月十六日早餐後，全日探訪布拉格，首先來到城堡區的聖維特大教堂、黃金巷、小區廣場、十八世紀重建的巴洛克建築聖尼古拉教堂，在寬廣的人行步道區內，瀏覽優美的歐洲建築。

步行連接老城區的查理士大橋，是東歐現存最古老的石橋，橋的兩側各有欄杆及以宗教故事爲題的十五座聖像，其中有一座是幸運之神，據說觸摸祂可以得到心想事成的祝福，因此幸運之神被遊客摸得金光閃爍。偶爾有街頭藝人或販賣民俗藝品者穿梭其間，人來人往，是連結舊城區與布拉格城堡區唯一的橋梁。

跨越查理士大橋眺望「百城塔」，儼然像個建築博物館，有羅馬式的石雕、歌德式的尖塔、巴洛克式對稱的建築、綠色尖塔鐘樓，還有豪華的壁畫及內部厤花雕刻。雖然歷經歲月更替修了又修，因此同一建築呈現不同朝代的風格，在「百城塔」處處可見。

舊城區廣場中央地帶鋪滿石板道路，聚集許多觀光客。廣場一角有文藝復興時期的拱型建築，已改成咖啡廳、禮品店，還有不少小吃攤及街頭藝人演出。廣場座落美麗的提恩教堂與胡斯紀念碑，趣味盎然的火藥塔。

可惜那座歷經幾世紀忠實工作認眞報時的天文鐘正維修中，無法登頂觀賞。

九月十七日，離開布拉格，前往聯合國文化遺產庫特納赫拉古城。庫特納赫拉曾經因爲盛產白銀舉世聞名，曾爲波西米亞王都所在之地。參觀聖芭芭拉教堂，悠悠的古風，靜靜地散發著屬於波西米亞的芬芳。

庫特納赫拉的東北方，有舉世聞名的人骨教堂，據說當時有位傳教士到耶路撒冷取回一把聖地的土，灑在教堂外圍的墓地上，使得當地居民爭相要下葬在這個修道院。

衆多屍骨日積月累，當地藝術家運用巧思，以人的頭顱排列整齊作爲一道牆，手掌可拼成藝術作品……整個教堂都是用人骨拼湊而成的。有人忌諱不敢進去，我則默念「阿彌陀佛」當是藝術作品欣賞。

隨後前往摩拉唯亞的古城特爾奇，歌德式的建築經大火摧毀後，廣場四周圍繞著改建爲文藝復興、巴洛克式造型不同的建築，迄今還完整保存下來。令人驚訝的是源自義大利的「文藝復興」，在捷克建築藝術家的手裏，可以發展出捷克特有的地方風格，而且歷經幾百年仍可保存那麼完整。

美麗的市集廣場，有許多精緻廉價的水晶製品店，適逢假日，許多商店不營業，遊客寥寥無幾，繞了一圈來到風景優美的小橋流水人家，確是漂亮的小鎮。

午餐後，經奧捷邊境三小時的車程，賴美珍老師又是帶動唱又是說笑話，回到維也納已是傍晚時分。

九月十八日參觀熊布朗宮，奧皇時期的宮殿、精緻的大廊、小巧的宴客廳、醒目耀眼的拱廊、小徑雕像與噴泉貫穿於花園之間，令人流連。

貝維帝爾宮位於普林茲・歐伊建大道旁緩斜丘上的離宮，幅員遼闊。分上宮及下宮兩座巴洛克式宮殿。上宮左右對稱的外觀，目前為十九、二十世紀繪畫館，下宮是巴洛克美術館，飾有華麗壯觀的壁畫。

參觀維也納舊城區，國家歌劇院是文藝復興式的歌劇院，新落成時以莫札特的歌劇「Don Giovani」爲揭幕曲，經戰火的破壞後，再復建則以貝多芬的「Fidelio」爲開幕曲。外觀非常宏偉，據說內部有壁毯和莫札特的「魔笛」爲主題的壁畫裝飾，充滿華麗的氣氛。可惜沒有安排入內參觀，只能在外面欣賞而已。

導遊馬不停蹄地帶領團員在維也納舊城區巡禮，遙望國會大樓、市政廳建築，還有世界排名十名以內的咖啡中心。位於市中心的聖史蒂芬大教堂，經多次戰火的肆虐，修復爲目前的規模，適逢維修中，教堂屋頂貼滿菱形色彩的琉璃瓦，尖塔高達一三七公尺，是維也納的地標。

市區各式各樣的精品店充斥，「Swarovski」水晶製品就有好幾家，據說都比臺灣便宜許多。自由行之後，只見人手大包小包的，大有收穫。兒子也買了「Swarovski」水晶手鍊犒賞自己。

九月十九日，歡樂的時光匆匆，典藏奧捷十日遊轉瞬間近尾聲，大夥整理行囊，把滿滿的哈布斯堡王朝的回憶與浪漫的波希米亞風情全數打包入行李，當然還有一路採買的紀念品，帶著依依不捨的心情，前往機場搭機回臺北。維也納和臺北時差六小時，回到溫暖的家已是九月二十日早上八點。

此行感恩賴美珍老師、導遊黃邦旗識途老馬的帶領，更感恩兒子特別請假，專程陪老媽出遊，而且全程呵護有加，讓老媽生命不留白。

玉蘭花永飄香

志工早會時，證嚴法師語帶哽咽地懷念衆所熟識的寶珠師姑，並以她「做一天賺一天」、「先走先贏」的典故讚歎她：「化小愛爲大愛，談生說死輕安自在，一點都不含糊。」法師說：「對她很放心，因爲她知道如何去，從何再來。」

從她的遺照，看到她有一頭銀髮，罩著一張慈悲的臉；她笑容可掬，是個非常慈祥的老人，不禁令人心生歡喜。

筆耕隊陳美羿老師說：「寶珠師姑行坐挺拔，頭正腰直，姿態優美，當年中國小姐選拔時，曾被師姊們喻爲應是中國小姐的典範。」老師曾爲她撰寫傳記，如今對她充滿懷念之情。

一個月來，寶珠師姑的遺容常映在我的眼簾，我決定要參加她的追思感恩會。會中，優雅的小提琴伴著女聲獨唱「一支草一點露」，以及郭孟雍先生的「當一滴濁淚落下來，生又何嘗生，死又何曾死……」儀式莊嚴肅穆。

主持人以柔和磁性的聲音引述：「寶珠師姑以智慧的生命做慈濟，讓她一年四季都如春天，以悲心交錯，重新燦爛再走過來。」法親代表曹麗雲，則用閩南語親切地表達懷念與不捨，令在場的人都忍不住熱淚盈眶。

家屬感恩法親遠比親情重，次子代表家屬表示：「雖然非常想念媽媽，但是媽媽用心播種了許多善因善緣，我願意聽從上人的開示，感念母親要化悲為喜，繼續母親在慈濟的志業。」他感到非常欣慰的是：「媽媽沒有遺憾，無疾而終。」

追思感恩會最後，在場人人手捧玉蘭花，在「阿彌陀佛」佛讚聲中，獻上無限的祝福。想寶珠師姑生前一定非常喜愛玉蘭花，那朵朵潔白清香仿如她的「慈悲喜捨」永遠流傳。

（完稿於二〇〇二年八月）

新手接線生

大愛電視臺遭納莉颱風淹大水後，暫時在臺視公司攝影棚維持運作，但許多節目呈現方式不同往昔，比較著重與觀眾直接互動，以 Call in 或 Call out 方式拉近人與人之間的距離。

每日下午時段，由志工陳美羿帶領臺北慈濟筆耕隊成員，充當接線生。陳美羿大膽嘗試讓一群未經訓練的生手，勇於承擔。大家輪班上陣，第一次雖手忙腳亂，但在陳美羿從旁護持下，每完成一個階段任務，大夥彷若歷經奮戰的小兵，終於鬆口氣。一回生，二回熟，成果雖不盡人意，勉強可以過關。

陳美羿爲配合節目需求，頻頻出招。有一次，臨時發給大家紙和蠟筆，要求大家利用空檔時間畫中秋節。「人有無限的可能」，果然不一會兒，一幅幅的中秋節佳景具名交給老師，原來是樸實藝術張鈞翔老師要現場指導作品，筆耕隊成員各個上鏡頭，意外上了一堂畫畫課。

Call in幾天下來，感覺大愛節目幅員擴及國際，充滿溫馨，尤其當接到從美國、荷蘭遙遠的地方打來的電話，在場工作人員都非常振奮，大愛無國界，慈濟人護持大愛電視臺的熱忱都是一致的。

（完稿於二〇〇一年十月）

賺歡喜啦

昨夜一陣雷雨，今晨飄著灰濛濛的細雨，有些寒意。內湖區慈濟志工起個大早，六時十分在西湖市場準時開車，沿途「撿客」，來到內湖聯絡處整隊後，經北二高直駛新店慈濟醫院。

九十餘人報到領志工證、安全帽、手套、口罩，用過早餐，把隨身衣物集中，大家全副武裝，在大廳集合等候工作分配。

新店慈院景觀工程總協調黎逢時笑容可掬說：「這個全球慈濟人期待的醫院即將啓業，目前景觀工程接近尾聲，非常感恩大家爲我們共同的目標付出心力。」

因爲現場還有許多工程積極進行中，他要求大家注意安全，確實戴好安全帽，室內轉角處要特別小心，而且「服務當中不忘慈濟人文」。

工作分配十人一組，在志工冒德旺引領下，列隊進入四、五樓。因爲還有許多工程進行中，到處塵土飛揚，大家戴緊口罩，有的掃地、有的拖地、有的找水源提水，螞蟻雄兵展開工作。

首先將樓梯間剩餘的建材鋼筋、木材及垃圾，利用電梯搬運到地下二樓集中，因爲環境不熟，大家摸黑搬運，有一位志工聰明地找到開關，頓時大放光明，衆人譁然大笑。

來自汐止、七十五高齡的闕高妙，因爲腰痛，雙腳行動不太方便。她一手扶著牆壁，一手拿著掃把說：「還可以做要趕快做……」在四樓唯一的男衆蘇志煒，年輕力壯，負責提水，他服務於出版社，利用年假來做志工。

拖地的志工們，一字排開，口念「阿彌陀佛」，有節奏的步調，一下子整個樓板清潔溜溜。現場的工人不解地問：「你們的工作效率那麼高，一天賺多少錢？」大家異口同聲地說：「賺歡喜啦！」

年逾七十的林昭元熟諳土木工程，恰好被分配到綁鋼筋，他駕輕就熟勝任愉快，手腳俐落不輸年輕人，只是女兒在旁頻頻提醒：「爸爸小心喔！」

興建過程中，李碧華無論生活、清潔、香積、景觀都曾參與。有一次，她被分配到廣場撿石頭，她說：「那是最辛福的一次，回家全身痠痛睡了三天，不過精神非常愉快。」

歡喜的時間過得特別快，轉瞬間已經是下午四點，回程車上大家享用愛心刈包，一邊心得分享，結束一天快樂志工行。

（完稿於二〇〇五年三月）

測試淨水器

菲律賓連遭颱風侵襲，呂宋島東部地區有四百餘人喪生、兩百人失蹤，當地慈濟志工搭乘直升機前往勘災。災區到處泥濘，災情慘不忍睹，證嚴法師開示時，哽咽地祈願災民皆離苦，也提醒慈濟人在救災同時，更要注意自身安全。

因爲災區缺水缺電，慈濟臺灣北區急難救助隊準備伸援菲律賓志工，深入災區提供淨水。他們臨時受命測試淨水機，大家分工著手準備：操作水管進水、出水、藥劑調配、發電機操作等功能測試。

志工嚴聖炎說明，淨水機的構造及功能，彷如一座小型自來水廠。長方型的貨櫃就是場房，主要設備有發電機、淨水器及抽水機，玻璃門的另一邊是一個個淨水桶。

淨水機的運作可以正反操作，正向是將汙水抽進儲水槽，加入明礬及漂白劑（氯）調配後變成清水排出來使用；當進、出水不成比例時，表示水管或儲槽有汙物，必須反向操作，把汙物清洗乾淨後再正常操作。機器運轉時，必須有操作人員輪班看守，以便隨機調整。

一般汙水經處理後的淨水，pH 標準值在 0.5-1ppm 之間，視汙水狀況，如果災區有疾病產生時，pH 值可調高到 1-1.8ppm 之間，而水仍應煮沸再飲用。

正常操作的情況下，每小時出水量二十公噸，每兩小時休息一次，一天二十四小時可出五百公噸淨水，足夠一個小鎮幾千人的用水量。

操作淨水器有五年經驗的陳義明，手腳俐落，很快就爬上屋頂，清理淨水桶殘留的漂白劑，倒出來的水仍然有濃濃的氯氣飄散；嚴聖炎抱著一綑水帶往前一拋，拋得好遠好遠；陳朝旭啟動電源，發現久未發動，電力不夠，張銀彬馬上把發財車開近接電，機器聲即隆隆響起。

淨水測試必須引用大量汙水，預備抽取附近大湖的水，但是必須跨越馬路，而馬路上車水馬龍。團隊運用智慧，從鄰近排水溝穿過涵洞進入大湖，因爲距離較遠，在馬路對面加一個抽水馬達，增強抽取的力量。

謝景祥有備而來，從塑膠提帶拿出連身雨褲，戴上頭燈，全身「忍者龜」的打扮，進入涵洞，把水管接上，很快地引進大湖的水。

機器運轉正常後，測試過程最少要六小時，藥劑混合，比例要正確，取樣檢驗 pH 值並列入記錄。陳義明說：「原本預算昨晚挑燈夜戰測試完畢，看看時間允許，要求使用藥劑更精確，大夥商議於隔天集合再繼續測試，可望傍晚以前可以順利完成。」

測試完成後，貨櫃於十二月十三日運往基隆，十五日開船，兩天後抵達菲律賓，及時解決災民缺水問題。

（完稿於二〇〇四年十二月）

每個生命都很寶貴

「庭庭，你是什麼時候參加慈濟骨髓捐贈驗血活動的？怎麼沒有告訴媽？」電話裏，媽媽以訝異的口氣急促地追問女兒，庭庭還來不及回應，媽媽接著說：「你可是媽千辛萬苦才『孵』出來的寶貝，可不能有任何閃失喔！」

當媽媽接獲慈濟骨髓關懷小組的通知，庭庭參加骨髓捐贈驗血活動建檔，初步配對相符，是否願意進一步驗血比對的電話，在完全不知情的情況下，得知女兒要捐「骨髓」，緊張的心境說起話來咄咄逼人，讓向來聽話的女兒一時不知所措，也不知該如何回答。

「媽，請您先別急，我想一下，待會兒再給您電話。」放下電話，庭庭冷靜地追憶，記得在二〇〇二年一個酷暑的早上，和好友到大愛電視臺探望朋友，碰到骨髓捐贈驗血活動，看到有人挽起袖管在抽血，當下決定「我也要！」

「都已經過了這麼多年，我有那麼幸運嗎？」庭庭心存懷疑，一面嘟囔著一面上網去認識骨髓捐贈，要自己先了解才能告訴媽媽到底是怎麼回事？從網路上知道捐髓過程有些複雜，「腸骨骨髓捐贈」需要全身麻醉，還要抽自體備血；不過「周邊血幹細胞捐贈」要注射生長激素，可能會有不良反應？一大串的疑問連她自己都「霧煞煞」，不是三言兩語可以跟媽媽說清楚的。

庭庭在臺北擔任英文教師，爲工作方便就近在內湖租屋，本著要救人的初衷，她抽空特別回家和媽媽商量。庭庭從小體質過敏，不適合全身麻醉，脊椎曾經受過傷，要從腸骨抽骨髓，媽媽肯定不放心。她雙手抓著方向盤，「救人一命無損己身」縈繞在她的腦際：「證嚴法師悲憫衆生，不會爲了救一個人，而傷害另一個健康的人，如果幸運配對到的是我，有一個生命等待我去救，我怎麼能不救？」

庭庭一跨入家門，坐在客廳沙發上的媽媽，就一本正經地說：「我反對你去捐髓。」在美國受教育長大的庭庭自然地給媽媽一個擁抱，她把從網路看到的資訊慢慢告訴媽媽，婉轉地希望媽媽能支持她的意願。

家人也勸媽媽：「聽起來這個機率很不容易，應該是緣分，捐髓後身體有什麼狀況，也不一定是捐髓造成的啊！」媽媽看到女兒堅定救人的心志，也就同意了。最後商議結果，如果要捐只能選擇周邊血幹細胞捐贈。

骨髓關懷小組以電話通知庭庭再次驗血確認，巧的是庭庭兼家教地點就在關懷小組王淑真家的樓上，於是相約下課後到地下室活動中心。關懷小組把「認識骨髓捐贈」再次向庭庭詳細說明，庭庭明白表示只能捐贈周邊血，很快地完成第二次血樣抽取。

一週後，中心傳來好消息，比對已確認，需要做捐髓前健康檢查。中心備妥去程機票及回程火車票，去返都有人接送與陪伴，如此愛的接力，讓庭庭非常感動。

庭庭通過健檢，關懷小組依捐贈程序，開始準備作業，注射生長激素前三天，陪庭庭至臺北啓誠聯合診所進行注射生長激素前抽血檢驗，接下來共四次注射生長激素。

「感覺怎麼樣啊？有沒有不舒服啊？」打過生長激素後，院長王成俊輕聲細語地問診，用聽診器聽前胸，轉向再聽後背，用手按一下庭庭的後腰：「會痛嗎？」「還好！腰有點痠痛，沒有發燒，感覺『夯夯地』，晚上睡不好，好像感冒的樣子。」庭庭據實的回答。

「很好，這是正常反應，表示生長激素在你體內發生作用了。」王成俊笑著說，雙手邊敲鍵盤開處方籤，又說：「這個藥會減輕你的不舒服……」

接著，庭庭搭機到花蓮，住進慈濟醫院，立即注射第五劑「生長激素」，午餐享用一大鍋大補湯，她胃口很好，吃得全身熱烘烘的。

開始收集周邊血時，庭庭兩眼專注看影片，雖然她的右手可以活動自如，媽媽還是貼心地餵女兒吃東西。超過六小時了，還沒有達到收集的目標，隔壁捐髓者已收集完畢，但因爲幹細胞數量不足，隔天還要再收集第二次，庭庭很有信心地說：「我的一定足夠，沒有第二次的問題。」八個多小時後，終於收集完畢，庭庭提著周邊血合照留念。當晚，媽媽堅持要在醫院陪女兒，約定隔天一早回精舍接受證嚴法師的祝福。

第二天前往精舍，庭庭向法師表示：「捐髓只是一點不舒服，卻可以帶給另一個生命的重生，我做了一件很有意義的事。」法師親自爲母女戴上佛珠，並致贈福慧紅包給予祝福。

捐贈滿月後，關懷小組邀約歷年捐髓者聚集內湖園區相見歡，宛如一家人和樂融融。庭庭表示：「做完這件事，感覺很輕鬆。」媽媽說：「庭庭能夠順利完成救人的心願，有關懷小組無微不至的關懷，做媽媽的除了感謝還是感謝！」

（完稿於二〇一〇年三月）

滿室馨香

證嚴法師鑑於當前天災人禍接連發生，號召推動一人一善遠離災難「愛灑人間」，全球慈濟人都認真就地展開各種大小的聚會。志工們以自身經驗分享，啓發每個人心中的愛。

內湖區第三組組長王美娥說，這是她組內第十一場茶會，雖然儀式因主持人的不同而有異，但最終目的都是希望「合心、和氣、互愛、協力」，從個人做起，促進家庭和樂，社會祥和，天下無災難。

臺北分會靜思讀書會帶領人吳淑梅主辦，號召社區居民及志工們三十餘人齊聚一堂展開茶會活動。

當吳淑梅電話通知王美娥地點就在她家時，王美娥心想，她家斗大的客廳如何運轉？證嚴法師說，「人有無限的可能」，吳淑梅眞的做到了。

她挪開客廳所有設施，僅留下餐桌擺茶點，音響、電視隨時播放法師的開示及配樂，志工從內湖分會借來小凳子，果然容納三十餘人參與，場面非常溫馨。

王美娥和先生許智鏞前來陪伴，王美娥首先分享訪視的個案。她說，其實給別人一個微笑即是「善」，愛惜物命也是「善」，日行一善從個人、家庭開始，社會是你我他的組合，因為你的參與，「愛心」、「善念」充滿人間，讓我們共同為下一代灑下愛的種子，促進人間成淨土。

接著，主持人吳淑梅帶領大家朗讀「愛灑人間成淨土」，偶爾加以註解，並讓在場的小朋友朗讀靜思語部分，琅琅讀書聲悅耳，頓時客廳變私塾。

心得分享時，小朋友爭相發表，彭建誠小朋友說，要學師公，不要愚癡；洪英瑋小朋友立願以後做功課不要讓媽媽催，他媽媽也在場彼此相擁，場面令人感動。

王女士哭傷地說，她有三兒一女，目前和女兒同住，不知道為什麼，女兒都不理她，她們彼此不說話，她很難過，希望能化解不愉快，回家要告訴女兒「我愛你」，在場的人都爲她加油鼓勵。

謝繡蘭立願做環保志工做到老，眞是個發心的菩薩。大家一面用點心，一面分享，有說不完的話題。

吳淑梅說，每一個人都有一本難念的經，我們常看到別人臉上的髒，而看不到自己的髒，如何調伏自己，希望大家現在開始能從個人著手，去除貪、瞋、癡，邁向眞、善、美的境界。

最後，與會人員手牽著手，心連心合唱「普天下沒有我不愛人，普天下沒有我不信任的人，普天之下沒有我不原諒的人……」結束溫馨的「愛灑」茶會。

（完稿於二〇〇一年十一月）

一分鐘衛教宣導

關心國人的健康，衛生署疾病管制局平日就在機場宣導衛生教育，並設疫情通報專線，請民眾主動通報。

暑假大量的出國人潮，讓疾管局有限的職工窮於應付，因此招募志工。然而，大部分志工不具備護理背景，行前開班訓練就很重要。研究檢驗組李智隆逐一講解細菌疾病的防治，教導如何認識疾病、疾病發生原因、傳染源潛伏期以及如何防治、如何求醫。一連串的專業知識，許多志工可都是第一次聽到的。

研究員蔡淑芬分析「團體衛教的實務技巧」，從知己知彼，到如何溝通最有效，面授機宜，加強輔導。

最後現場模擬，針對出境旅客現場宣導衛教，因為下週就要分別輪班，披掛上陣。

此番大膽嘗試，志工們也勇敢承擔，回家都勤讀有關資料，深怕現場被考倒，有損疾管局的顏面。

每天清晨，大家分別從臺北輾轉搭車，約七時三十分抵達中正機場。第一次，由職工帶領並做宣導示範，她滾瓜爛熟的一分鐘示範，讓志工們如釋重擔，原來沒有想像的那麼困難呀！

通常旅遊團的領隊替團員辦完手續、做完行前叮嚀，稍有空檔，我們就立即上前：「請給我一分鐘衛教宣導，祝您們旅途愉快。」大部分領隊都會欣然接受，非常配合。

其他志工則立刻向團員們遞上一包面紙，一邊說：「您好！衛生署疾病管制局關心您……」簡單的宣導，通常反應良好。

就這樣一回生兩回熟，第二次就不需要職工陪同，乘人潮多的時段，把握當下，自行上陣。

大夥做得非常盡興，意猶未盡就匆匆結束機場衛教宣導工作。誠如王亞軍專員說地：「努力宣導是我們的責任，當然我們也期待發揮最高的效果囉！」

從機場衛教宣導工作中發覺，隨著社會型態的改變，出國旅遊幾乎已成了家常的休閒活動。但是「享受娛樂」，常常忽略安全衛生的重要性。衛生署疾病管制局爲了維護國人身心健康，煞費苦心。倘若大家能自我提高警覺，成果將會是事半功倍。

附錄

落花時節／孫德宜

「還是要三朵黃玫瑰配上滿天星，一樣用玻璃彩紙包起來？」蓄俐落平頭的女店員，手不停歇地修整著一隻天堂鳥，笑如夏花燦爛。

「你認得出我？」雖說這是我第三次造訪這家大直的花店，但是先前我都戴著灰黑色的活性碳口罩，從眼袋到下巴密密實實地幾乎遮住四分之三的臉龐。

「拖吊車快來了。」五月驕陽逼出勞動者額頭上的汗珠，她手背一揩地灑落在我仍閃著黃色大燈的車身上，沒有空調的開放式店鋪前人聲雜沓。

「喜歡黃玫瑰的人出院了，我今天要帶三朵紅色康乃馨給她應應景。快點快點！」

只見店員氣定神閒地挑花剪花，簡單紮成一束後遞給我：「你每次來都像風似地行色匆匆，怎會不認得？」

我環顧周遭的人們，因為母親節的緣故，花店比平日多了些駐足揀選的男性顧客，臉上泰半泛著怡然幸福的微笑。反倒是女性多似挑水果般地精明銳利，殺氣騰騰。

彼時哪會有送花人的那分閑適優雅！孀居三年的母親，在非典型肺炎肆虐的春瘟時分，突然開始反覆高燒，咳個不停。我看到住進醫院的她氣若游絲，病床尾的吊牌上寫著肺癌，著實無法說服自己，會那麼倒楣地讓雙親都要死於肺癌。

病人自己倒是想得很開地說：「該留該走跑不掉，我抽了你爸爸一輩子的二手菸。」她開始著手打理自個兒的財務和後事，不容許重演爸爸走後的措手不及。

剛毅的父親，在不得不嚥氣的彌留狀態，心跳一會兒三十，一會兒一百二時，都不曾向死神輸誠，所以啥也沒交代就走了，因為他從未認為自己可能敗陣。他沒來得及趕上千禧年的曙光，在一年的最後一天晚上，走完他第五十九個冬天。我留著當天晚上的停車票根，上面的日期記著當時痛澈心扉的冷冽。在他的遺體被推進懷遠堂冰櫃後，我潛回爸媽內湖的家，清了清荒廢多時的冰箱，洗了許多長了大朵奇豔藍黴的不明食物盒子。

「我知道你人在新竹，又要上課還要忙小孩的事，但是你如果有空就帶著黃玫瑰來看看我。我希望你能來，一個人來就好，別帶孩子來醫院，怕傳染。請你先生看著小孩東東一下，雖然他們公司正在忙購併拆夥的事，可是現在千萬別讓他去大陸，佈生產線不用卡在這個時候，這種錢我們不要賺，性命要緊呀。我也叫妹妹待在香港不要回來看我，坐飛機就會傳染呀。有什麼事你和你弟弟商量就好了，妹妹自己也有兩個小孩要顧……」母親氣都喘不過來，卻仍井然有序地操心著一切。為什麼女人總在緊急危難時刻，表現出異常地冷靜？

我於是真的和弟弟排班，在沒課的週一和週四下午，帶著口罩和手套，開車疾駛過兩個高速公路收費站，來臺北看母親。沒有人敢搭乘大眾交通工具，因為聽說有人是在捷運還是在火車上染煞。

我有時得在中壢休息站小憩，或捏打自己的臉頰和大腿，或乾脆吃掉一大排口香糖，才不至於打瞌睡。所以每每在高速公路上看到統一麵包的煙囪式水塔，都會讓我小小興奮一下子地提振精神。因為從這兒起離臺北更近了，或南下新竹的路牌變大了，離家不遠了，趕得上去幼兒園接孩子前把自己洗乾淨。

下了濱江交流道，我迴轉經過大直，穿越自強隧道去天母，這條綠蔭拱的中山北路六段，在爸爸最後的半年裏，我挺著大肚子來來回回地熟稔不已。現在站在母親病榻前的窗邊，望出去是那晚的懷遠堂，我怨恨人生中無可避免的重複，我討厭逆旅終結點那股爛水果味兒，所以我其實不喜歡買花。

「上次的黃花，我拿去丟了喔！」我拆下包覆著玻璃彩紙的粉色玫瑰，一邊輕手躡趾地倒掉花瓶中的臭水，涮涮瓶身，再插上新蕊鮮花。

「這次買不到黃玫瑰，店員說黃玫瑰是分離，不適合探病，所以大力推薦粉紅色。」我居然敢替自己的辦事不力辯解。

「可是我喜歡呀！我的新娘捧花就是黃玫瑰做成的，因為我喜歡呀！那時候大家也是說不好不要，可是我就是喜歡嘛！」我認識那個一輩子律己甚嚴，且永遠要顧全大局的母親，這會兒突然好像又回到小女孩階段似的恣意任性。

「可是人家今天沒賣呀！下次好不好？」我疲困地敷衍著。

心不在焉地想起大直那家花店。高中念中山女中，每天坐二二二路公車回內湖家，一時興起就在大直這個分段點下車，閒逛一會兒才坐下一段票回去。那時候就看到這兩家規模相若的花店，比鄰而立地杵在這熱鬧的大街旁。

年輕的我，也是任性地指名要戀人們去左邊那家花店買花給自己，因為包裝得蓬鬆花俏很有面子。過了幾天，還不是得自作孽似地親手收拾腐臭的浸花屍水。所以，有次一個男人站在內湖爸媽家門口，手中只拿一朵大紅玫瑰和一顆大紅蘋果，就敢來約自己出去玩時，才二十出頭的我還覺得新奇有趣地貼心。

那天第一次下交流道去買黃玫瑰，本想熟門熟路地去左家買，趕巧那天只有右邊那家我年少時不曾光顧的店才有黃玫瑰，就這麼留下來成了熟客被認出來。

我是怎樣在爸爸辭世後，離開自己熟悉的臺北，回頭落腳在他十八歲以前的家鄉。新竹高工畢業的他，當年拚命地想離開這個桶兒大的小城去臺北發展，他知道那兒有的是機會和希望。

他從一名化驗工做起，常常用光微薄的薪水，但是他後來念了大學，找到了一生的伴侶，有了三個小孩和自己的事業。這一切也許都只是趕巧罷了，我踏著爸爸和姑姑們年輕時走過的石坊街道，覺得十八歲的爸爸拚命地穿梭在臺北所找到的機會和希望，我風裏來風裏去，彷彿也在這兒那裏地抓到了一絲一縷。

母親開刀切掉了壞東西，幸好不是惡性，鬼門關前晃兜了一圈又回來了。我和弟弟也結束了愁雲慘霧的圍城期，那種必須在醫院面對出生入死的日子。

術癒後的三個月，中秋節的那個週末，年逾花甲的媽媽，突然自己駕著爸爸留給她的Cefiro，從臺北跑來新竹看她最喜歡的孫兒東東。她神祕兮兮地塞給我一小份文件：「整理東西時，找到你的出生證明和命書，妹妹的那份在她嫁去香港時就帶走了，你的不知道為什麼還在我這兒。看看吧，就是個好命人。」

我輕輕地撫觸那張已泛黃的薄紙，父親在三十多年前留下的字跡，依然如記憶中的一絲不苟，見證他喜獲長女的快樂。倒是那張已過了三十多年的命書，仍未解世事般地紅豔，印照著我的一世好命。現在買花不為別的，只因為花謝了要換新花，所以再去買。花謝花開，落花時節又逢君。

（完稿於二〇〇三年九月）

傳家系列 008

筆耕心田——杜紅棗作品集

創 辦 人／釋證嚴
發 行 人／王端正
平面總監／王志宏

作　　者／杜紅棗
主　　編／陳玫君
企畫編輯／邱淑絹
特約編輯／吳美姬
執行編輯／涂慶鐘
美術設計／曹雲淇

出版者／慈濟傳播人文志業基金會
11259 臺北市北投區立德路 2 號
編輯部電話／ 02-28989000 分機 2065
客服專線／ 02-28989991
傳真專線／ 02-28989993
劃撥帳號／ 19924552　　戶名／經典雜誌
製版印刷／新豪華製版印刷股份有限公司
出版日期／ 2020 年 1 月初版一刷
定　　價／新臺幣 250 元

國家圖書館出版品預行編目 (CIP) 資料

筆耕心田：杜紅棗作品集／杜紅棗作 — 初版
臺北市：慈濟傳播人文志業基金會，2020.01
344 面；15×21 公分 —（傳家系列；8）
ISBN 978-986-5726-81-2（平裝）
863.55　　　　　　　　109000476